ALAIN ROBBE–GRILLET

LA JALOUSIE

Edited by

Germaine Brée

and

Eric Schoenfeld

D0165632

WAVELAND

PRESS, INC.

Prospect Heights, Illinois

For information about this book, write or call:

Waveland Press, Inc.
P.O. Box 400
Prospect Heights, Illinois 60070
(708) 634-0081

Also available from Waveland Press

André Gide's **L'Immoraliste**
Edited by Elaine Marks and Richard Tedeschi

ISBN 0-88133-475-8

Printed in the United States of America

7 6 5 4 3 2 1

FOREWORD

The "new novel" in France has attracted a good deal of attention and gives rise to discussions which always elicit considerable interest among our undergraduates. Of the fifty-odd "new novels" *Jalousie* is easily the most accessible to students in intermediate language classes. It is a short novel that treats a traditional situation—husband, wife, outsider—in a new and fascinating way. At first sight, it may seem rather difficult for a classroom text; a closer look belies this impression. Alain Robbe-Grillet's narrative progresses by direct statement, using only the simplest language structures. Only very seldom, in moments of stress, does the sentence lengthen, and then it tends to develop by juxtaposition and not in complicated ways. The tale is told almost entirely in the present tense, with occasional recourse to the past. Dialogue, often indirectly reported, calls for more varied tenses, but the tense patterns are quite uncomplicated. The vocabulary pertaining to the banana plantation where the story is set may at first seem difficult. But the same words recur throughout the book and very soon become familiar. Otherwise, the vocabulary is strictly limited to everyday movements, objects, and gestures, in line with Robbe-Grillet's theory of the role of language in the novel. Yet the prose is unusually rich as well as accurate. The students will greatly enlarge the range of their own vocabulary.

What may be a real obstacle is not the language, but the way the story is told. This is what can make of *Jalousie* an

iii

invaluable text for classroom use and discussion. The detective-story aspect of *Jalousie* should spark excited speculation once the students "catch on" to what is happening and how to interpret the incidents related. The sketch of the house, reproduced with the kind permission of the Grove Press, should greatly help in the understanding of the text. After a careful reading of the book, it seemed to us that, rather than explanations, what was needed to awaken the students' attention as they read was a set of questions which could serve a double purpose: keep them alert to the significance of certain facts, and give them a grasp of the techniques Robbe-Grillet uses. These questions, given in French, as notes, might well start class discussions. The whole fascination of the novel lies in the question: What really happened? It can be raised almost at every page. No two critics ever agree on the answer.

The general introduction, in English, briefly discusses the significance of the "new novel," Robbe-Grillet's particular theories, and attempts to place *Jalousie* in perspective without giving away a "key" to the solution of the story, which the students will want to find for themselves.

The book can be used for several purposes: in intermediate language and conversation classes, as an introduction to literary analysis and discussion, and in courses dealing with modern French culture and contemporary literature.

G. B. / E. S.

TABLE OF CONTENTS

SPECIAL VOCABULARY

I

un roman: a novel
une nouvelle: a short story
l'intrigue: the plot
les personnages: the characters
le narrateur: the narrator
le point de vue: the point of view

II

la technique cinématographique: movie technique
le découpage: the lay-out
la séquence d'images: the film sequence
la liaison des scènes: the editing
la caméra: the camera
l'objectif: the lens
une prise de vues: a take

INTRODUCTION

Jealousy is as old a stand-by in fiction and drama as love itself, from which it is hardly separable. When Alain Robbe-Grillet, a "new novelist," chose *La Jalousie* as title for his third novel, he seemed to be following a well-worn tradition: King Mark, Othello, the Prince de Clèves, Proust's narrator—to name only a few of the most famous—all suffered the pangs of jealousy. The bare outline of the plot, as Robbe-Grillet himself described it, seemed almost unbelievably commonplace. Somewhere in the tropics, the West Indies probably, in an isolated banana plantation, a husband becomes intensely jealous of his neighbor, one Franck, who drops in to have lunch or dinner a little too regularly. On one such occasion his wife A . . . , seemingly quite innocently, decides to accompany Franck to the nearest coastal port, ostensibly to do errands there. They do not return as planned that night because, they claim when they appear at lunchtime the next day, the car broke down. The long day and night of waiting are described in the sixth and seventh sections of the novel. That is all. Robbe-Grillet emphasizes the mundane character of the plot, by having A... and Franck read and discuss such a typical novel of jealousy, this one situated in tropical Africa.[1] Yet the

---

[1] Bruce Morrissette suggests a striking similarity between *Jealousy* and Graham Greene's *The Heart of the Matter* (1948).

1

present novel grips the imagination and becomes unlike any other we may have read.

"Le narrateur de ce récit," Robbe-Grillet says, "un mari qui surveille sa femme—est au centre de l'intrigue. Il reste d'ailleurs en scène de la première phrase à la dernière, quelque fois légèrement à l'écart d'un côté ou l'autre, mais toujours au premier plan. Souvent même il s'y trouve seul." As the novel starts, hidden in the shadow of the veranda pillar, the husband is watching his wife A..., whose name he never pronounces. We never see him. Only once in the dead of night do we see his shadow cast across the threshold.

The story is told then by the husband, as he lurks around the house or sits at the dining-room table, his eyes on A.... Robbe-Grillet does not describe him: "Ce personnage n'a pas de nom, pas de visage." However, he does describe meticulously what the husband hears, what he sees, those scenes which his anxiety cuts out and detaches from the monotonous fabric of daily life. We see these scenes through his eyes only, exactly as he sees them. As we read we realize that the daily life of the couple is moving along apparently as usual, but that certain small gestures—a glass put down on a table for example—can recall in the husband's mind another scene which took place perhaps some time before. His anxiety reaches into his memory, developing certain images latent there, as one might develop, several weeks later, a roll of film. These images are absorbed into his obsessive state of anxiety. Below the monotonous surface of plantation life violence builds up as jealousy gives the fragmentary separate images a dynamic power and consistency.

It is a tantalizing problem to find out what really happens, and when. Does the husband himself ever know? Recurrently he fixes his gaze on the open French windows in the dining room. They are perfectly transparent and limpidly clear but with a defect in the glass that distorts the scene and objects they reflect. The jealous husband's mind, we suspect, introduces just such distortions in what it observes. He is obsessed by certain sequences of images which expand, overlap, change, yet remain distinct and recognizable. There are several meals, perhaps four, preceded by cocktails. They involve two outstanding events, one concerning an ice-bucket, the other, central in the story, involving the killing of a centipede, by Franck, on the dining-room wall. A sequence of scenes takes place in A...'s bedroom: A... brushing her hair, writing a letter, lying on her bed. Another takes place in the courtyard, showing the return of A... in Franck's blue sedan on two separate occasions. Yet another concerns A...'s photograph in her husband's office and a commercial calendar hanging there on the wall. The veranda and dining room, A . . .'s bedroom, the husband's office, and the courtyard are the spots where the initial episodes took place that ceaselessly live in the husband's mind. "La jalousie," says Robbe-Grillet, "est une passion pour qui rien jamais ne s'efface: chaque vision, même la plus innocente y demeure inscrite une fois pour toutes." Whence the recurrent "maintenant" which punctuates the narrative. How all these sequences collide and fuse in the violent outburst of jealousy caused by A...'s absence is something the reader will work out for himself.

To tell his story in an unfamiliar way, Alain Robbe-Grillet makes use of a familiar device (developed probably consciously first by Henry James), the narrative told from a unique but relative point of view. In Robbe-Grillet's case, "point of view" must be taken literally. We must stand where the narrator stands, sit where he sits. The only way we can do this is to find out at each moment in the story what it is he is looking at and from where. To make this possible, Robbe-Grillet carefully sets up the exact location of the story: the banana plantation, the garden, the veranda, the detailed layout of the house. The plan of the plantation given here should greatly clarify the story, helping to determine the husband's whereabouts, and to distinguish those moments when the scene starts to become distorted.

But, besides the husband, there is A . . . , his wife, to be considered. "L'autre point de résistance, c'est la femme du narrateur." What does she suspect—or notice? At certain moments her eyes meet her husband's; then "ses yeux font se détourner le regard." His gaze shifts; he stares away into space, his eyes resting upon the objects around him: the banana trees, endlessly, methodically examined, or the distorted images in the windowpane. The "averted gaze" then sees a "décor" as limited and closed in on itself, as a stage set which is meticulously, obsessively described. Sounds and images of the tropics pervade the whole book. There are several recurrent "motifs," distinct from the obsessive-image sequences, a part rather of the encompassing setting: a native song, a bridge being built. The most noticeable is the device of slatted blinds, called "jalousies," installed in all the windows, and from which the novel derives its title as pertinently as it does from the passion manifested. "Blinds" would have fitted the story just as well as a title. "La jalousie," observes Robbe-Grillet, "est une sorte de contrevent qui permet de regarder au dehors et, pour certaines inclinaisons, du dehors vers l'intérieur; mais, lorsque les lames sont closes, on ne voit plus rien, dans aucun sens." The field of vision at best is limited, cut up, with zones blotted out. From one uncertain glimpse the mind can develop not one fixed photograph but hundreds of slightly divergent versions. The husband's jealousy acts in just that way. What then really occurred? How did the incident end? With murder? With an end to the affair? What actually took place between A... and Franck? Did anything at all take place? One must read the book with great attention to get insight into the events. But first the reader must become the jealous husband, feeling that "creux au milieu des objets" where he is placed and which Robbe-Grillet purposely left vacant so that the reader could fill it. The novel should be a violent experience of jealousy.

Robbe-Grillet's techniques as novel-writer are not the product of chance. They are consciously arrived at in line with a point of view he has often and explicitly stated (see Bibliography). He is one of a group of younger novelists who set out to renovate French fiction in the fifties. In the years immediately following World War II, the French literary market was flooded with innumerable novels, many of them well written by quite talented men and women. This "tornado" of fiction, as one critic called it, led to the depreciation of the novel as literature. The novelists of the thirties and forties did not seem to be able to carry their work on into the fifties: Saint-Exupéry and Bernanos had both died; Duhamel, Mauriac, and Romains had little new to say; Malraux and Sartre had abandoned the novel; and, after *The Plague* in 1947, Camus published only one book of short stories, *Exile and the Kingdom*.

The tide of reaction against the tragic themes of wartime existentialism was running high. Novelists were turning to the old traditional plots cast in the old traditional moulds. The reading public was eager for diversion, and commercialization —literary prizes, publicity, interviews on radio and television —turned novel-writing into a rather facile game.

The "new" novelists[2] as they were called, who appeared around 1955, deliberately set out to reinstate fiction writing as a serious form of literary endeavour. Besides Robbe-Grillet there were Nathalie Sarraute, Michel Butor, Marguerite Duras, Claude Simon, and Claude Ollier, among the best known. In a world transformed by the rapid advances of physics, biology, biochemistry—to say nothing of technology—the novel, they claimed, was lagging far behind, content to repeat *ad nauseam* what the nineteenth-century novelists had said. The new novelists wished to experiment with narrative techniques that would correspond with the new conceptions we had of ourselves and our world, techniques that would allow them to define the complex web of relations and consequently of new preoccupations that are ours. Within five years they had made their mark and were being widely discussed in literary circles throughout the Western world. They never formed a school and had quite different ideas about the novel, which they openly and frequently discussed.

Born at Brest, in Brittany, in 1922, Robbe-Grillet is an engineer in agronomy who, after a period of study at the National Institute of Statistics in France, specialized in research on tropical fruits, a profession which took him to Morocco, Guinea, Martinique, and Guadeloupe. Perhaps because of his scientific training, he felt out of sympathy not so much with the existentialist point of view as such as with the tragic overtones it had accumulated, from Kierkegaard to Camus. These he attacked vigorously in an article entitled *Nature, Humanisme, Tragédie* (*NRF*, 1958), criticizing the narrative techniques and language used in *l'Etranger* and *Nausée* and their implications. For Robbe-Grillet the world exists, objects are there; they are definitely not endowed with meaning, and

[2] They are also sometimes called the "midnight novelists" because they were first published by Les Éditions de Minuit, an erstwhile clandestine press during the German occupation.

there is nothing tragic about that. Objects in themselves have
a human meaning only insofar as they are tools for us to use
and because they occupy a space in which we live. He is
opposed to a literature which "humanizes" the cosmos by
attributing to things human feelings: "terror" to the jungle
for example. He is also opposed to their use as symbols, mere
extensions as it were of our feelings. A knife for him is a knife,
an object with a certain shape, of a certain size, which we use
a certain way. It is not a sexual symbol. Things do not "sig-
nify" anything in human terms, either. Things are there, in
space. Human beings move among them, the eye rests upon
them, sees them as forms and surfaces, organizes their relation
to itself in space as it perceives them. The eye is a kind of lens.
Description in a novel should therefore be "blocked" out in
relation to a clearly defined human field of vision, the eyes
functioning as might a movie camera. Robbe-Grillet drastically
simplifies and reverses the usual process of the novelist, who
would have the narrator say: "I walked along the corridor,
turned into the office and looked through the slats of the blind
at A... and Franck sitting on the veranda just outside." He
shows what the narrator sees, and it is we who then realize in
what direction the narrator moved and where he is. That is
why too his narrator never says "I": he moves and sees; he
does not think of himself as moving and seeing. This method
of description explains why Robbe-Grillet's theory of the
novel has been called "reist" [from the Latin *res,* a thing] or
"chosiste," and his method defined as a new objectivism.

Besides the point of view concerning the nonhuman world,
Robbe-Grillet, like many French novelists in the last thirty
years, is opposed to the novel of psychological analysis, which
supposes that our feelings are explicable in causal terms and
develop more or less coherently in time. At no point in *Jalousie*
does the husband analyze his state of mind. What expresses
it are the scenes he notices, the associations which give a first,
limited image—like the centipede mark on the wall—its terri-
ble power of expansion. The centipede is not a symbol of the
man's jealousy; his jealousy finds its "support," as Robbe-
Grillet would say, or its "objective correlative" says Morrissette,
borrowing from Eliot, in the image on the wall. Jealousy grows

and subsides in a kind of inner timelessness, imposing its own patterns on the amorphous world around it.

The descriptive techniques used by Robbe-Grillet are not new. But seldom have they been used with such singleness of purpose. They are very closely akin to movie techniques: the fading out of certain scenes, for example, and their fusion into another by the isolation of one object common to both—the hand resting on the tablecloth becoming the hand resting on the sheet; or by the association of two movements—the vibrations of the hair A . . . is brushing and the moving tentacles of the centipede. Robbe-Grillet's interest in movie techniques is keen, and the logical outcome of his experiments with narrative may well be the "roman-ciné" of which *L'Année dernière à Marienbad* (1961), realized in collaboration with Alain Resnais, was a spectacularly successful example. *Les Gommes* (1953), his first novel; *Le Voyeur* (1955), winner of the Prix des Critiques, which preceded *Jalousie;* and *Dans le labyrinthe* (1959), which followed it, all experiment in different ways with the new narrative techniques that *Jalousie* uses in the most obvious and effective ways. We may and should ask ourselves what the story gains by Robbe-Grillet's method of telling it, what it loses too, perhaps, and whether theory and novel really are quite completely coterminous. It has been said, for example, that his world is dehumanized; to this Robbe-Grillet answers that, on the contrary, it is an exclusively human world. Some critics claim that his characters are mechanical, whereas others insist that he gives us a great sense of the personalities involved—of Franck, A..., and of the husband— and the tensions building up between them. Whatever criticisms one may be inclined to make, *Jalousie* is already something of a classic, a book well worth reading and thinking about with care.

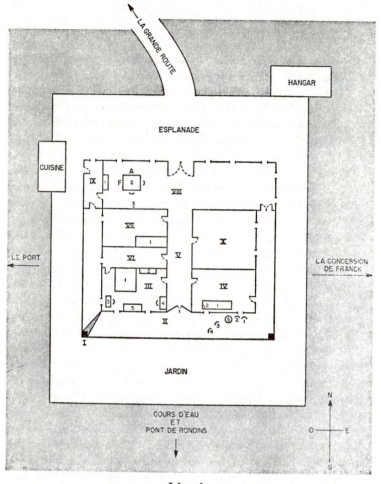

Légende

I Pilier sud-ouest et son ombre au début du roman.
II *Terrasse* **1** la chaise de Franck   **2** la chaise d'A.
               3 la chaise vide   **4** la chaise du mari
               5 la table basse
III *La chambre d'A.*
              1 le lit   **2** la commode   **3** la table-coiffeuse
              4 la table de travail   **5** l'armoire
IV *Le bureau*
              1 le bureau   **2** la photographie d'A.
  V *Le couloir*
 VI *La salle de bain*
VII *La petite chambre à coucher*   **1** le lit
VIII *La salle à manger-salon*
              1 le buffet   **2** la table
              3 la marque du mille-pattes sur le mur
  IX *L'office*
   X *Pièce non décrite*
En hachures: Bananiers

LA Jalousie

ALAIN ROBBE-GRILLET

Maintenant l'ombre du pilier—le pilier qui soutient l'angle sud-ouest du toit—divise en deux parties égales l'angle correspondant de la terrasse. Cette terrasse est une large galerie couverte, entourant la maison sur trois de ses côtés. Comme sa largeur est la même dans la portion médiane et dans les 5 branches latérales, le trait d'ombre projeté par le pilier arrive exactement au coin de la maison; mais il s'arrête là, car seules les dalles de la terrasse sont atteintes par le soleil, qui se trouve encore trop haut dans le ciel.[1] Les murs, en bois, de la maison —c'est-à-dire la façade et le pignon ouest—sont encore pro- 10 tégés de ses rayons par le toit (toit commun à la maison proprement dite et à la terrasse). Ainsi, à cet instant, l'ombre de l'extrême bord du toit coïncide exactement avec la ligne, en angle droit, que forment entre elles la terrasse et les deux faces verticales du coin de la maison. 15

Maintenant, A... est entrée dans la chambre, par la porte intérieure qui donne sur le couloir central. Elle ne regarde pas vers la fenêtre, grande ouverte, par où—depuis la porte—elle apercevrait ce coin de terrasse.[2] Elle s'est maintenant retournée vers la porte pour la refermer. Elle est toujours habillée de la 20 robe claire, à col droit, très collante, qu'elle portait au déjeuner. Christiane, une fois de plus, lui a rappelé que des vêtements moins ajustés permettent de mieux supporter la chaleur. Mais A... s'est contentée de sourire: elle ne souffrait pas de la chaleur, elle avait connu des climats beaucoup plus chauds 25 —en Afrique par exemple—et s'y était toujours très bien portée.[3] Elle ne craint pas le froid non plus, d'ailleurs. Elle conserve partout la même aisance.[4] Les boucles noires de ses

[1] **le ciel** Où se trouve l'observateur qui fait cette description? Dans un coin de la terrasse? Dans la maison? Dans le jardin?

[2] **ce coin de terrasse** Pourquoi ce détail? A... sait-elle qu'on l'observe?

[3] **portée** Discours indirect; ce sont les paroles de A....

[4] **aisance** Qui fait ces réflexions?

cheveux se déplacent d'un mouvement souple, sur les épaules
et le dos, lorsqu'elle tourne la tête.[5]

L'épaisse barre d'appui de la balustrade n'a presque
plus de peinture sur le dessus.[6] Le gris du bois y apparaît, strié
de petites fentes longitudinales. De l'autre côté de cette barre, 5
deux bons mètres au-dessous du niveau de la terrasse, commence le jardin.

Mais le regard[7] qui, venant du fond de la chambre, passe
par-dessus la balustrade, ne touche terre que beaucoup plus
loin, sur le flanc opposé de la petite vallée, parmi les bananiers 10
de la plantation. On n'aperçoit pas le sol entre leurs panaches
touffus de larges feuilles vertes. Cependant, comme la mise en
culture de ce secteur est assez récente, on y suit distinctement
encore l'entrecroisement régulier des lignes de plants. Il en va
de même dans presque toute la partie visible de la concession, 15
car les parcelles les plus anciennes—où le désordre a maintenant pris le dessus—sont situées plus en amont, sur ce versant-ci de la vallée, c'est-à-dire de l'autre côté de la maison.

C'est de l'autre côté, également, que passe la route, à
peine un peu plus bas que le bord du plateau. Cette route, la 20
seule qui donne accès à la concession, marque la limite nord
de celle-ci. Depuis la route un chemin carrossable mène aux
hangars et, plus bas encore, à la maison, devant laquelle un
vaste espace dégagé, de très faible pente, permet la manœuvre
des voitures. 25

La maison est construite de plain-pied avec cette esplanade,
dont elle n'est séparée par aucune véranda ou galerie. Sur ses
trois autres côtés, au contraire, l'encadre la terrasse.

La pente du terrain, plus accentuée à partir de l'esplanade,
fait que la portion médiane de la terrasse (qui borde la façade 30
au midi) domine d'au moins deux mètres le jardin.

Tout autour du jardin, jusqu'aux limites de la plantation,
s'étend la masse verte des bananiers.

A droite comme à gauche leur proximité trop grande,
jointe au manque d'élévation relatif de l'observateur[8] posté 35

---

[5] **tête**   Qui voit ses cheveux? D'où?
[6] **dessus**   Qu'est-ce que ceci nous dit au sujet du narrateur?
[7] **le regard**   De qui?
[8] **l'observateur**   Le regard de l'observateur suit le regard de A... vers
l'extérieur; puis à la fin du paragraphe revient vers A....

sur la terrasse, empêche d'en bien distinguer l'ordonnance; tandis que, vers le fond de la vallée, la disposition en quinconce s'impose au premier regard. Dans certaines parcelles de re-plantation très récente—celles où la terre rougeâtre commence tout juste à céder la place au feuillage—il est même aisé de 5 suivre la fuite régulière des quatre directions entrecroisées, suivant lesquelles s'alignent les jeunes troncs.

Cet exercice n'est pas beaucoup plus difficile, malgré la pousse plus avancée, pour les parcelles qui occupent le versant d'en face : c'est en effet l'endroit qui s'offre le plus commodé- 10 ment à l'œil, celui dont la surveillance pose le moins de pro-blèmes (bien que le chemin soit déjà long pour y parvenir), celui que l'on regarde naturellement, sans y penser, par l'une ou l'autre des deux fenêtres, ouvertes, de la chambre.

Adossée à la porte intérieure qu'elle vient de refermer, A . . ., 15 sans y penser, regarde le bois dépeint de la balustrade,[9] plus près d'elle l'appui dépeint de la fenêtre, puis, plus près encore, le bois lavé du plancher.

Elle fait quelques pas dans la chambre et s'approche de la grosse commode, dont elle ouvre le tiroir supérieur. Elle remue 20 les papiers, dans la partie droite du tiroir, se penche et, afin d'en mieux voir le fond, tire un peu plus le casier vers elle. Après de nouvelles recherches elle se redresse et demeure im-mobile, les coudes au corps, les deux avant-bras repliés et cachés par le buste—tenant sans aucun doute une feuille de 25 papier entre les mains.

Elle se tourne maintenant vers la lumière, pour continuer sa lecture sans se fatiguer les yeux. Son profil incliné ne bouge plus. La feuille est de couleur bleue très pâle, du format ordi-naire des papiers à lettres, et porte la trace bien marquée d'un 30 pliage en quatre.

Ensuite, gardant la lettre en main, A . . . repousse le tiroir, s'avance vers la petite table de travail (placée près de la seconde fenêtre, contre la cloison qui sépare la chambre du couloir) et s'assied aussitôt, devant le sous-main d'ou elle 35 extrait en même temps une feuille de papier bleu pâle— identique à la première, mais vierge. Elle ôte le capuchon de son stylo, puis, après un bref regard du côté droit[10] (regard qui

---

[9] **balustrade** A . . . sait-elle que son mari est là?
[10] **droit** Ce mouvement a-t-il un sens?

n'a même pas atteint le milieu de l'embrasure, situé plus en arrière), elle penche la tête vers le sousmain pour se mettre à écrire.

Les boucles noires et brillantes s'immobilisent, dans l'axe du dos, que matérialise un peu plus bas l'étroite fermeture 5 métallique de la robe.

Maintenant[11] l'ombre du pilier—le pilier qui soutient l'angle sud-ouest du toit—s'allonge, sur les dalles, en travers de cette partie centrale de la terrasse, devant la façade, où l'on a disposé les fauteuils pour la soirée. Déjà l'extrémité du trait 10 d'ombre atteint presque la porte d'entrée, qui en marque le milieu. Contre le pignon ouest de la maison, le soleil éclaire le bois sur un mètre cinquante de hauteur, environ. Par la troisième fenêtre, qui donne de ce côté, il pénétrerait donc largement dans la chambre, si le système de jalousies[12] n'avait 15 pas été baissé.

A l'autre bout de cette branche ouest de la terrasse, s'ouvre l'office. On entend, venant par sa porte entrebâillée, la voix de A . . . , puis celle du cuisinier noir, volubile et chantante, puis de nouveau la voix nette, mesurée, qui donne des ordres pour 20 le repas du soir.

Le soleil a disparu derrière l'éperon rocheux qui termine la plus importante avancée du plateau.

Assise, face à la vallée, dans un des fauteuils de fabrication locale, A . . . lit le roman emprunté la veille, dont ils[13] ont déjà 25 parlé à midi. Elle poursuit sa lecture, sans détourner les yeux, jusqu'à ce que le jour soit devenu insuffisant. Alors elle relève le visage, ferme le livre—qu'elle pose à portée de sa main sur la table basse—et reste le regard fixé droit devant elle, vers la balustrade à jours et les bananiers de l'autre versant, bientôt 30 invisibles dans l'obscurité. Elle semble écouter le bruit, qui monte de toutes parts, des milliers de criquets peuplant le bas-fond. Mais c'est un bruit continu, sans variations, étourdissant, où il n'y a rien à entendre.

Pour le dîner, Franck est encore là, souriant, loquace, 35 affable. Christiane, cette fois, ne l'a pas accompagné; elle est

---

[11] **Maintenant** Changement de scène comme au cinéma.
[12] **le système de jalousies** Première allusion aux jalousies (*venetian blinds*) qui jouent un grand rôle dans le roman.
[13] **ils** Franck et A . . .

restée chez eux avec l'enfant, qui avait un peu de fièvre. Il n'est pas rare, à présent, que son mari vienne ainsi sans elle: à cause de l'enfant, à cause aussi des propres troubles de Christiane, dont la santé s'accommode mal de ce climat humide et chaud, à cause enfin des ennuis domestiques qu'elle 5 doit à ses serviteurs trop nombreux et mal dirigés.

Ce soir, pourtant, A... paraissait l'attendre. Du moins avait-elle fait mettre quatre couverts. Elle donne l'ordre d'enlever tout de suite celui qui ne doit pas servir.

Sur la terrasse, Franck se laisse tomber dans un des 10 fauteuils bas et prononce son exclamation—désormais coutumière— au sujet de leur confort. Ce sont des fauteuils très simples, en bois et sangles de cuir, exécutés sur les indications de A... par un artisan indigène. Elle se penche vers Franck pour lui tendre son verre.   15

Bien qu'il fasse tout à fait nuit maintenant, elle a demandé de ne pas apporter les lampes, qui—dit-elle—attirent les moustiques. Les verres sont emplis, presque jusqu'au bord, d'un mélange de cognac et d'eau gazeuse où flotte un petit cube de glace. Pour ne pas risquer d'en renverser le contenu 20 par un faux mouvement, dans l'obscurité complète, elle s'est approchée le plus possible du fauteuil où est assis Franck, tenant avec précaution dans la main droite le verre qu'elle lui destine. Elle s'appuie de l'autre main au bras du fauteuil et se penche vers lui, si près que leurs têtes sont l'une contre l'autre. 25 Il murmure quelques mots: un remerciement, sans doute.

Elle se redresse d'un mouvement souple, s'empare du troisième verre—qu'elle ne craint pas de renverser, car il est beaucoup moins plein—et va s'asseoir à côté de Franck, tandis que celui-ci continue l'histoire de camion en panne com- 30 mencée dès son arrivée.

C'est elle-même qui a disposé les fauteuils, ce soir,[14] quand elle les a fait apporter sur la terrasse. Celui qu'elle a désigné à Franck et le sien se trouvent côte à côte, contre le mur de la maison—le dos vers ce mur, évidemment—sous la fenêtre du 35 bureau. Elle a ainsi le fauteuil de Franck à sa gauche, et sur sa droite—mais plus en avant—la petite table où sont les bouteilles. Les deux autres fauteuils sont placés de l'autre côté de cette table, davantage encore vers la droite, de manière

¹⁴ ce soir Quel est l'intérêt de cette notation?

à ne pas intercepter la vue entre les deux premiers et la balustrade de la terrasse. Pour la même raison de «vue», ces deux derniers fauteuils ne sont pas tournés vers le reste du groupe : ils ont été mis de biais, orientés obliquement vers la balustrade à jours et l'amont de la vallée. Cette disposition oblige les 5 personnes qui s'y trouvent assises à de fortes rotations de tête vers la gauche, si elles veulent apercevoir A . . .—surtout en ce qui concerne le quatrième fauteuil, le plus éloigné.[15]

Le troisième, qui est un siège pliant fait de toile tendue sur des tiges métalliques, occupe—lui—une position nettement 10 en retrait, entre le quatrième et la table. Mais c'est celui-là, moins confortable, qui est demeuré vide.[16]

La voix de Franck continue de raconter les soucis de la journée sur sa propre plantation. A . . . semble y porter de l'intérêt. Elle l'encourage de temps à autre par quelques mots 15 prouvant son attention. Dans un silence se fait entendre le bruit d'un verre que l'on repose sur la petite table.

De l'autre côté de la balustrade, vers l'amont de la vallée, il y a seulement le bruit des criquets et le noir sans étoiles de la nuit. 20

Dans la salle à manger brillent deux lampes à gaz d'essence.[17] L'une est posée sur le bord du long buffet, vers son extrémité gauche; l'autre sur la table elle-même, à la place vacante du quatrième convive.

La table est carrée, puisque le système de rallonges (inutile 25 pour si peu de personnes) n'a pas été mis. Les trois couverts occupent trois des côtés, la lampe le quatrième. A . . . est à sa place habituelle; Franck est assis à sa droite—donc devant le buffet.[18]

Sur le buffet, à gauche de la seconde lampe (c'est-à-dire 30 du côté de la porte, ouverte, de l'office), sont empilées les assiettes propres qui serviront au cours du repas. A droite de la lampe et en arrière de celle-ci—contre le mur—une cruche indigène en terre cuite marque le milieu du meuble. Plus à droite se dessine, sur la peinture grise du mur, l'ombre agrandie 35 et floue d'une tête d'homme—celle de Franck. Il n'a ni veste ni

[15] **le plus éloigné** Ce détail est-il significatif?
[16] **vide** Pourquoi?
[17] **essence** Changement de scène, comme au cinéma.
[18] **buffet** Où le mari est-il assis?

cravate, et le col de sa chemise est largement déboutonné; mais c'est une chemise blanche irréprochable, en tissu fin de belle qualité, dont les poignets à revers sont maintenus par des boutons amovibles en ivoire.

A... porte la même robe qu'au déjeuner. Franck s'est 5 presque disputé avec sa femme, à son sujet, lorsque Christiane en a critiqué la forme «trop chaude pour ce pays». A... s'est contentée de sourire: «D'ailleurs, je ne trouve pas que le climat d'ici soit tellement insupportable, a-t-elle dit pour en finir avec ce sujet. Si vous aviez connu la chaleur qu'il faisait, 10 dix mois sur douze, à Kanda!...»[19] La conversation s'est alors fixée, pour un certain temps, sur l'Afrique.

Le boy fait son entrée par la porte ouverte de l'office, tenant à deux mains la soupière pleine de potage. Aussitôt qu'il l'a déposée, A... lui demande de déplacer la lampe qui est sur 15 la table, dont la lumière trop crue—dit-elle—fait mal aux yeux. Le boy soulève l'anse de la lampe et va porter celle-ci à l'autre bout de la pièce, sur le meuble que A... lui indique de sa main gauche étendue.

La table se trouve ainsi plongée dans la pénombre. Sa 20 principale source de lumière est devenue la lampe posée sur le buffet, car la seconde lampe—dans la direction opposée—est maintenant beaucoup plus lointaine.

Sur le mur, du côté de l'office, la tête de Franck a disparu, Sa chemise blanche ne brille plus, comme elle le faisait tout 25 à l'heure, sous l'éclairage direct. Seule sa manche droite est frappée par les rayons, de trois quarts arrière: l'épaule et le bras sont bordés d'une ligne claire, et de même, plus haut, l'oreille et le cou. Le visage est placé presque à contre-jour.

«Vous ne trouvez pas que c'est mieux?» demande A..., 30 en se tournant vers lui.

«Plus intime, bien sûr», répond Franck.

Il absorbe son potage avec rapidité. Bien qu'il ne se livre à aucun geste excessif, bien qu'il tienne sa cuillère de façon convenable et avale le liquide sans faire de bruit, il semble 35 mettre en œuvre, pour cette modeste besogne, une énergie et un entrain démesurés. Il serait difficile de préciser où, exacte-

---

[19] **Kanda** Ville d'Afrique. Y a-t-il déjà eu un écho de ces mots? Maintenant les mêmes.

ment, il néglige quelque règle essentielle, sur quel point particulier il manque de discrétion.[20]

Evitant tout défaut notable, son comportement, néanmoins, ne passe pas inaperçu.[21] Et, par opposition, il oblige à constater que A..., au contraire, vient d'achever la même opération 5 sans avoir l'air de bouger—mais sans attirer l'attention, non plus, par une immobilité anormale. Il faut un regard à son assiette vide, mais salie, pour se convaincre qu'elle n'a pas omis de se servir.[22]

La mémoire parvient, d'ailleurs, à reconstituer quelques 10 mouvements de sa main droite et de ses lèvres, quelques allées et venues de la cuillère entre l'assiette et la bouche, qui peuvent être considérés comme significatifs.[23]

Pour plus de sûreté encore, il suffit de lui demander si elle ne trouve pas que le cuisinier sale trop la soupe.   15

«Mais non, répond-elle, il faut manger du sel pour ne pas transpirer.»

Ce qui, à la réflexion, ne prouve pas d'une manière absolue qu'elle ait goûté, aujourd'hui, au potage.

Maintenant le boy enlève les assiettes. Il devient ainsi impossible de contrôler à nouveau les traces maculant celle de 20
A...—ou leur absence, si elle ne s'était pas servie.

La conversation est revenue à l'histoire de camion en panne: Franck n'achètera plus, à l'avenir, de vieux matériel militaire; ses dernières acquisitions lui ont causé trop d'ennuis; 25 quand il remplacera un de ses véhicules, ce sera par du neuf.[24]

Mais il a bien tort de vouloir confier des camions modernes aux chauffeurs noirs, qui les démoliront tout aussi vite, sinon plus.[25]

«Quand même, dit Franck, si le moteur est neuf, le conducteur n'aura pas à y toucher.» 30

Il devrait pourtant savoir que c'est tout le contraire: le

[20] **discrétion** Le mari observe-t-il Franck avec affection?
[21] **inaperçu** Par qui?
[22] **servir** Pourquoi le mari n'a-t-il pas vu A... manger?
[23] **significatifs** Le mari ne sait pas si A... qui est à table avec lui a mangé ou non de la soupe. Qu'est-ce que cela indique sur la possibilité de savoir si elle l'a trompé?
[24] **neuf** Discours indirect: paroles de Franck.
[25] **plus** Réponse du mari. La conversation à table que note le mari continue jusqu'à «histoire». Quelle impression laisse-t-elle?

moteur neuf sera un jouet d'autant plus attirant, et l'excès de
vitesse sur les mauvaises routes, et les acrobaties au volant ...

Fort de ses trois ans d'expérience, Franck pense qu'il existe
des conducteurs sérieux, même parmi les noirs. A ... est aussi
de cet avis, bien entendu.   5

Elle s'est abstenue de parler pendant la discussion sur la
résistance comparée des machines, mais la question des chauffeurs motive de sa part une intervention assez longue, et
catégorique.

Il se peut d'ailleurs qu'elle ait raison. Dans ce cas, Franck 10
devrait avoir raison aussi.

Tous les deux parlent maintenant du roman que A ... est
en train de lire, dont l'action se déroule en Afrique. L'héroïne
ne supporte pas le climat tropical (comme Christiane). La
chaleur semble même produire chez elle de véritables crises: 15
«C'est mental, surtout, ces choses-là», dit Franck.

Il fait ensuite une allusion, peu claire pour celui qui n'a
même pas feuilleté le livre, à la conduite du mari. Sa phrase se
termine par «savoir la prendre» ou «savoir l'apprendre», sans
qu'il soit possible de déterminer avec certitude de qui il s'agit, 20
ou de quoi. Franck regarde A ..., qui regarde Franck. Elle lui
adresse un sourire rapide, vite absorbé par la pénombre. Elle
a compris, puisqu'elle connaît l'histoire.

Non, ses traits n'ont pas bougé. Leur immobilité n'est pas
si récente: les lèvres sont restées figées depuis ses dernières 25
paroles. Le sourire fugitif ne devait être qu'un reflet de la
lampe, ou l'ombre d'un papillon.

Du reste, elle n'était déjà plus tournée vers Franck, à ce
moment-là. Elle venait de ramener la tête dans l'axe de la table
et regardait droit devant soi, en direction du mur nu, où une 30
tache noirâtre marque l'emplacement du mille-pattes écrasé la
semaine dernière, au début du mois, le mois précédent peut-
être, ou plus tard.[26]

Le visage de Franck, presque à contrejour, ne livre pas la
moindre expression.   35

Le boy fait son entrée pour ôter les assiettes. A ... lui
demande, comme d'habitude, de servir le café sur la terrasse.

[26] **plus tard** Première mention de l'incident du mille-pattes dont il
faut suivre toutes les variations. La scène précédente se passe à quel
moment par rapport à l'incident du mille-pattes?

Là, l'obscurité est totale. Personne ne parle plus. Le bruit des criquets a cessé. On n'entend, çà et là, que le cri menu de quelque carnassier nocturne, le vrombissement subit d'un scarabée, le choc d'une petite tasse en porcelaine que l'on repose sur la table basse. 5

Franck et A... se sont assis dans leurs deux mêmes fauteuils, adossés au mur de bois de la maison. C'est encore[27] le siège à ossature métallique qui est resté inoccupé. La position du quatrième est encore moins justifiée, à présent, la vue sur la vallée n'existant plus. (Même avant le dîner, durant le 10 bref crépuscule, les jours trop étroits de la balustrade ne permettaient pas d'apercevoir vraiment le paysage; et le regard, par-dessus la barre d'appui, n'atteignait que le ciel.)

Le bois de la balustrade est lisse au toucher, lorsque les doigts suivent le sens des veines et des petites fentes longitudi- 15 nales.[28] Une zone écailleuse vient ensuite; puis c'est de nouveau une surface unie, mais sans lignes d'orientation cette fois, et pointillée de place en place par des aspérités légères de la peinture.

En plein jour, l'opposition des deux couleurs grises—celle 20 du bois nu et celle, un peu plus claire, de la peinture qui subsiste—dessine des figures compliquées aux contours anguleux, presque en dents de scie. Sur le dessus de la barre d'appui, il n'y a plus que des îlots épars, en saillie, formés par les derniers restes de peinture. Sur les balustres, au contraire, ce 25 sont les régions dépeintes, beaucoup plus réduites et généralement situées vers le milieu de la hauteur, qui constituent les taches, en creux, où les doigts reconnaissent le fendillement vertical du bois. A la limite des plaques, de nouvelles écailles de peinture se laissent aisément enlever; il suffit de glisser 30 l'ongle sous le bord qui se décolle et de forcer, en pliant la phalange; la résistance est à peine sensible.

De l'autre côté, l'œil, qui s'accoutume au noir, distingue maintenant une forme plus claire se détachant contre le mur de la maison: la chemise blanche de Franck. Ses deux avant- 35 bras reposent à plat sur les accoudoirs. Son buste est incliné en arrière, contre le dossier du fauteuil.

A... fredonne un air de danse, dont les paroles demeurent

[27] **encore** Pourquoi le mari ne prend-il pas ce siège vide?
[28] **longitudinales** Que fait le mari donc et qu'est-ce que ça montre?

inintelligibles. Mais Franck les comprend peut-être, s'il les connaît déjà, pour les avoir entendues souvent, peut-être avec elle. C'est peut-être un de ses disques favoris.

Les bras de A..., un peu moins nets que ceux de son voisin à cause de la teinte—pourtant pâle—du tissu, reposent 5 également sur les accoudoirs. Les quatre mains sont alignées, immobiles. L'espace entre la main gauche de A... et la main droite de Franck est de dix centimètres, environ. Le cri menu d'un carnassier nocturne, aigu et bref, retentit de nouveau, vers le fond de la vallée, à une distance imprécisable. 10

«Je crois que je vais rentrer, dit Franck.

—Mais non, répond A... aussitôt, il n'est pas tard du tout. C'est tellement agréable de rester comme ça.»

Si Franck avait envie de partir, il aurait une bonne raison à donner: sa femme et son enfant qui sont seuls à la maison. 15 Mais il parle seulement de l'heure matinale à laquelle il doit se lever le lendemain,[29] sans faire aucune allusion à Christiane.

Le même cri aigu et bref, qui s'est rapproché, paraît maintenant venir du jardin, tout près du pied de la terrasse, du côté est. 20

Comme en écho, un cri identique lui succède, arrivant de la direction opposée. D'autres leur répondent, plus haut vers la route; puis d'autres encore, dans le bas-fond.

Parfois la note est un peu plus grave, ou plus prolongée. Il y a probablement différentes sortes de bêtes. Cependant tous 25 ces cris se ressemblent; non qu'ils aient un caractère commun facile à préciser, il s'agirait plutôt d'un commun manque de caractère: ils n'ont pas l'air d'être des cris effarouchés, ou de douleur, ou menaçants, ou bien d'amour. Ce sont comme des cris machinaux, poussés sans raison décelable, n'exprimant 30 rien, ne signalant que l'existence, la position et les déplacements respectifs de chaque animal, dont ils jalonnent le trajet dans la nuit.

«Quand même, dit Franck, je crois que je vais partir.»

A... ne répond rien. Ils n'ont bougé ni l'un ni l'autre. Ils 35 sont assis côte à côte, le buste incliné en arrière contre le dossier du fauteuil, les bras allongés sur les accoudoirs, leurs quatre mains dans une position semblable, à la même hauteur, alignées parallèlement au mur de la maison.

[29] le lendemain   Détail à noter.

Maintenant l'ombre du pilier sud-ouest—à l'angle de la terrasse, du côté de la chambre—se projette sur la terre du jardin. Le soleil encore bas dans le ciel, vers l'est, prend la vallée presque en enfilade.[30] Les lignes de bananiers, obliques par rapport à l'axe de celle-ci, sont partout bien distinctes, sous 5 cet éclairage.

Depuis le fond jusqu'à la limite supérieure des pièces les plus hautes, sur le flanc opposé à celui où se trouve bâtie la maison, le comptage des plants est assez facile; en face de la maison surtout, grâce au jeune âge des parcelles situées à cet 10 endroit.

La dépression a été défrichée, ici, sur la plus grande partie de sa largeur: il ne reste plus, à l'heure actuelle, qu'un liseré de brousse d'une trentaine de mètres, au bord du plateau, lequel se raccorde au flanc de la vallée par un arrondi, sans 15 crête ni cassure rocheuse.

Le trait de séparation entre la zone inculte et la bananeraie n'est pas tout à fait droit. C'est une ligne brisée, à angles alternativement rentrants et saillants, dont chaque sommet appartient à une parcelle différente, d'âge différent, mais d'orienta- 20 tion le plus souvent identique.

Juste en face de la maison, un bouquet d'arbres marque le point le plus élevé atteint par la culture dans ce secteur. La pièce qui se termine là est un rectangle. Le sol n'y est plus visible, ou peu s'en faut, entre les panaches de feuilles. Ce- 25 pendant l'alignement impeccable des pieds montre que leur plantation est récente et qu'aucun régime n'a encore été récolté.

A partir de la touffe d'arbres, le côté amont de cette pièce descend en faisant un faible écart (vers la gauche) par rapport 30 à la plus grande pente. Il y a trente-deux bananiers sur la rangée, jusqu'à la limite inférieure de la parcelle.

Prolongeant celle-ci vers le bas, avec la même disposition des lignes, une autre pièce occupe tout l'espace compris entre la première et la petite rivière qui coule dans le fond. Elle ne 35 comprend que vingt-trois plants dans sa hauteur. C'est la végétation plus avancée, seulement, qui la distingue de la

[30] **enfilade** La scène change. Le décor est vu sous un autre angle; lequel? Quelle heure est-il?

précédente: la taille un peu plus haute des troncs, l'enchevêtrement des feuillages et les nombreux régimes bien formés.
D'ailleurs quelques régimes y ont été coupés, déjà. Mais la
place vide du pied abattu est alors aussi aisément discernable
que le serait le plant lui-même, avec son panache de larges 5
feuilles, vert clair, d'où sort l'épaisse tige courbée portant les
fruits.

En outre, au lieu d'être rectangulaire comme celle d'au-
dessus, cette parcelle a la forme d'un trapèze; car la rive qui en
constitue le bord inférieur n'est pas perpendiculaire à ses deux 10
côtés—aval et amont—parallèles entre eux. Le côté droit
(c'est-à-dire aval) n'a plus que treize bananiers, au lieu de
vingt-trois.

Le bord inférieur, enfin, n'est pas rectiligne, la petite rivière
ne l'étant pas: un ventre peu accentué rétrécit la pièce vers le 15
milieu de sa largeur. La rangée médiane, qui devrait avoir
dix-huit plants s'il s'agissait d'un trapèze véritable, n'en com-
porte ainsi que seize.

Sur le second rang, en partant de l'extrême gauche, il y
aurait vingt-deux plants (à cause de la disposition en quin- 20
conce) dans le cas d'une pièce rectangulaire. Il y en aurait
aussi vingt-deux pour une pièce exactement trapézoïdale, le
raccourcissement restant à peine sensible à une si faible distance de la base. Et, en fait, c'est vingt-deux plants qu'il y a.

Mais la troisième rangée n'a, elle encore, que vingt-deux 25
plants, au lieu des vingt-trois que comporterait de nouveau le
rectangle. Aucune différence supplémentaire n'est introduite,
à ce niveau, par l'incurvation du bord. Il en va de même pour
la quatrième, qui comprend vingt-et-un pieds, soit un de moins
qu'une ligne d'ordre pair du rectangle fictif. 30

La courbure de la rive entre à son tour en jeu à partir de
la cinquième rangée: celle-ci en effet ne possède également que
vingt-et-un individus, alors qu'elle en aurait vingt-deux pour
un vrai trapèze, et vingt-trois pour un rectangle (ligne d'ordre
impair). 35

Ces chiffres eux-mêmes sont théoriques, puisque certains
bananiers ont déjà été coupés au ras du sol, à la maturité du
régime. C'est en réalité dix-neuf panaches de feuilles et deux
espaces vides qui constituent le quatrième rang; et, pour le
cinquième, vingt panaches et un espace—soit, de bas en haut! 41

huit panaches de feuilles, un espace vide, douze panaches de feuilles.

Sans s'occuper de l'ordre dans lequel se trouvent les bananiers réellement visibles et les bananiers coupés, la sixième ligne donne les nombres suivants: vingt-deux, vingt-et-un, 5 vingt, dix-neuf—qui représentent respectivement le rectangle, le vrai trapèze, le trapèze à bord incurvé, le même enfin après déduction des pieds abattus pour la récolte.

On a pour les rangées suivantes: vingt-trois, vingt-et-un, vingt-et-un, vingt-et-un. Vingt-deux, vingt-et-un, vingt, vingt. 10 Vingt-trois, vingt-et-un, vingt, dix-neuf, etc. . . .

Sur le pont de rondins, qui franchit la rivière à la limite aval de cette pièce, il y a un homme accroupi. C'est un indigène, vêtu d'un pantalon bleu et d'un tricot de corps, sans couleur, qui laisse nues les épaules. Il est penché vers la surface liquide, 15 comme s'il cherchait à voir quelque chose dans le fond, ce qui n'est guère possible, la transparence n'étant jamais suffisante malgré la hauteur d'eau très réduite.

Sur ce versant-ci de la vallée, une seule parcelle s'étend depuis la rivière jusqu'au jardin. En dépit de l'angle assez 20 faible sous lequel apparaît la pente, les bananiers y sont encore faciles à compter, du haut de la terrasse. Ils sont en effet très jeunes dans cette zone, récemment replantée à neuf. Non seulement la régularité y est parfaite, mais les troncs n'ont pas plus de cinquante centimètres de haut, et les bouquets de 25 feuilles qui les terminent demeurent bien isolés les uns des autres. Enfin l'inclinaison des lignes par rapport à l'axe de la vallée (quarante-cinq degrés environ) favorise aussi le dénombrement.

Une rangée oblique prend naissance au pont de rondins, 30 à droite, pour atteindre le coin gauche du jardin. Elle compte trente-six plants dans sa longueur. L'arrangement en quinconce permet de voir ces plants comme alignés suivant trois autres directions: d'abord la perpendiculaire à la première direction citée, puis deux autres, perpendiculaires entre elles 35 également, et formant avec les deux premières des angles de quarante-cinq degrés. Ces deux dernières sont donc respectivement parallèle et perpendiculaire à l'axe de la vallée—et au bord inférieur du jardin.

Le jardin n'est, en ce moment, qu'un carré de terre nue, 40

labouré de fraîche date, d'où n'émergent qu'une douzaine de
jeunes orangers, maigres, un peu moins hauts qu'un homme,
plantés sur la demande de A ...

La maison n'occupe pas toute la largeur du jardin. Ainsi
est-elle isolée, de toute part, de la masse verte des bananiers. 5
Sur la terre nue, devant le pignon ouest, se projette l'ombre
gauchie de la maison. L'ombre du toit est raccordée à l'ombre
de la terrasse par l'ombre oblique du pilier d'angle. La
balustrade y forme une bande à peine ajourée, alors que la
distance réelle entre les balustres n'est guère plus petite que 10
l'épaisseur moyenne de ceux-ci.

Les balustres sont en bois tourné, avec un ventre médian et
deux renflements accessoires, plus étroits, vers chacune des
extrémités. La peinture, qui a presque complètement disparu[31]
sur le dessus de la barre d'appui, commence également à 15
s'écailler sur les parties bombées des balustres; ils présentent,
pour la plupart, une large zone de bois nu à mi-hauteur, sur
l'arrondi du ventre, du côté de la terrasse. Entre la peinture
grise qui subsiste, pâlie par l'âge, et le bois devenu gris sous
l'action de l'humidité, apparaissent de petites surfaces d'un 20
brun rougeâtre—la couleur naturelle du bois—là où celui-ci
vient d'être laissé à découvert par la chute récente de nouvelles
écailles. Toute la balustrade doit être repeinte en jaune vif:
ainsi en a décidé A ...

Les fenêtres de sa chambre sont encore fermées. Seul le 25
système de jalousies qui remplace les vitres a été ouvert, au
maximum, donnant ainsi à l'intérieur une clarté suffisante.[32]
A ... est debout contre la fenêtre de droite et regarde par une
des fentes, vers la terrasse.

L'homme[33] se tient toujours immobile, penché vers l'eau 30
boueuse, sur le pont en rondins recouverts de terre. Il n'a pas
bougé d'une ligne: accroupi, la tête baissée, les avant-bras
s'appuyant sur les cuisses, les deux mains pendant entre les
genoux écartés.

Devant lui, dans la parcelle qui longe le petit cours d'eau 35

---

[31] **disparu** Y a-t-il quelque changement ici depuis la scène du dîner?
[32] **suffisante** Seconde allusion au système de jalousies. Remarquer leur
disposition. Le mari déjeune sur la terrasse. A ... l'observe de sa
chambre.
[33] **L'homme** De quel homme s'agit-il?

sur son autre rive, de nombreux régimes paraissent mûrs pour la coupe. Plusieurs pieds ont été récoltés déjà, dans ce secteur. Leurs places vides ressortent avec une netteté parfaite, dans la succession des alignements géométriques. Mais, en regardant mieux, il est possible de discerner le rejet déjà grand qui va 5 remplacer le bananier coupé, à quelques décimètres de la vieille souche, commençant ainsi à gauchir la régularité idéale des quinconces.

Le bruit d'un camion qui monte la route, sur ce versant-ci de la vallée, se fait entendre de l'autre côté de la maison. 10

La silhouette de A..., découpée en lamelles horizontales par la jalousie, derrière la fenêtre de sa chambre, a maintenant disparu.

Ayant atteint la partie plate de la route, juste au-dessous du rebord rocheux par lequel le plateau s'interrompt, le 15 camion change de vitesse et continue avec un ronronnement moins sourd. Ensuite son bruit décroît, progressivement, à mesure qu'il s'éloigne vers l'est, à travers la brousse roussie parsemée d'arbres au feuillage rigide, en direction de la concession suivante, celle de Franck. 20

La fenêtre de la chambre—celle qui est la plus proche du couloir—s'ouvre à deux battants. Le buste de A... s'y tient encadré. Elle dit «Bonjour», du ton enjoué de quelqu'un qui a bien dormi et se réveille d'agréable humeur; ou de quelqu'un, du moins, qui préfère ne pas montrer ses préoccupations—s'il 25 en a—et arbore, par principe, toujours le même sourire; le même sourire où se lit, aussi bien, la dérision que la confiance, ou l'absence totale de sentiments.

D'ailleurs elle ne vient pas de se réveiller. Il est manifeste qu'elle a déjà pris sa douche. Elle a gardé son déshabillé mati- 30 nal, mais ses lèvres sont fardées, de ce rouge identique à leur rouge naturel, à peine un peu plus soutenu, et sa chevelure peignée avec soin brille au grand jour de la fenêtre, lorsqu'en tournant la tête elle déplace les boucles souples, lourdes, dont la masse noire retombe sur la soie blanche de l'épaule. 35

Elle se dirige vers la grosse commode, contre la cloison du fond.[34] Elle entrouvre le tiroir supérieur, pour y prendre un objet de petite taille, et se retourne vers la lumière. Sur le

---

[34] **fond**   Seconde grande scène de «prise de vues,» à observer avec soin dans ses versions successives.

pont de rondins l'indigène accroupi a disparu. Il n'y a personne de visible aux alentours. Aucune équipe n'a affaire dans ce secteur, pour le moment.

A... est assise à la table, la petite table à écrire qui se trouve contre la cloison de droite, celle du couloir. Elle se 5 penche en avant sur quelque travail minutieux et long: remaillage d'un bas très fin, polissage des ongles, dessin au crayon d'une taille réduite. Mais A... ne dessine jamais; pour reprendre une maille filée, elle se serait placée plus près du jour; si elle avait besoin d'une table pour se faire les ongles, elle 10 n'aurait pas choisi cette table-là.

Malgré l'apparente immobilité de la tête et des épaules, des vibrations saccadées agitent la masse noire de ses cheveux.[35] De temps à autre elle redresse le buste et semble prendre du recul pour mieux juger de son ouvrage. D'un geste lent, elle 15 rejette en arrière une mèche, plus courte, qui s'est détachée de cette coiffure trop mouvante, et la gêne. La main s'attarde à remettre en ordre les ondulations, où les doigts effilés se plient et se déplient, l'un après l'autre, avec rapidité quoique sans brusquerie, le mouvement se communiquant de l'un à l'autre 20 d'une manière continue, comme s'ils étaient entraînés par le même mécanisme.

Penchée de nouveau, elle a maintenant repris sa tâche interrompue. La chevelure lustrée luit de reflets roux, dans le creux des boucles. De légers tremblements, vite amortis, la 25 parcourent d'une épaule vers l'autre, sans qu'il soit possible de voir remuer, de la moindre pulsation, le reste du corps.[36]

Sur la terrasse, devant les fenêtres du bureau, Franck est assis à sa place habituelle, dans un des fauteuils de fabrication locale. Seuls ces trois-là ont été sortis ce matin. Ils sont dis- 30 posés comme à l'ordinaire: les deux premiers rangés côte à côte sous la fenêtre, le troisième un peu à l'écart, de l'autre côté de la table basse.

A... est elle-même allée chercher les boissons, eau gazeuse et cognac. Elle dépose sur la table un plateau chargé portant 35 les deux bouteilles et trois grands verres. Ayant débouché le cognac, elle se tourne vers Franck et le regarde, tandis qu'elle

[35] **cheveux** Le motif des cheveux et de leurs «vibrations saccadées».
[36] **corps** Pourquoi la chevelure est-elle immédiatement associée avec l'image du Franck?

commence à le servir. Mais Franck, au lieu de surveiller le niveau de l'alcool, qui monte, regarde un peu trop haut, vers le visage de A . . . Elle s'est confectionné un chignon bas, dont les torsades savantes semblent sur le point de se dénouer; quelques épingles cachées doivent cependant le maintenir avec 5 plus de fermeté que l'on ne croit.

La voix de Franck a poussé une exclamation. «Hé là! C'est beaucoup trop!» ou bien: «Halte là! C'est beaucoup trop!» ou «dix fois trop», «la moitié trop» etc . . . Il tient la main droite en l'air, à la hauteur de sa tête, les doigts légère- 10 ment écartés. A . . . se met à rire.

«Vous n'aviez qu'à m'arrêter avant!

—Mais je ne voyais pas, proteste Franck.

—Eh bien, répond-elle, il ne fallait pas regarder ailleurs.»

Ils se dévisagent, sans rien ajouter. Franck accentue son 15 sourire qui lui plisse le coin des yeux. Il entrouvre la bouche, comme s'il allait dire quelque chose. Mais il ne dit rien. Les traits de A . . ., de trois quarts arrière,[37] ne laissent rien apercevoir.

Au bout de plusieurs minutes—ou plusieurs secondes—ils 20 sont toujours l'une et l'autre dans la même position. La figure de Franck ainsi que tout son corps se sont comme figés. Il est vêtu d'un short et d'une chemise kaki à manches courtes,[38] dont les pattes d'épaules et les poches boutonnées ont une allure vaguement militaire. Sur ses demi-bas en coton rugueux, 25 il porte des chaussures de tennis enduites d'une épaisse couche de blanc, qui se craquelle aux endroits où plie la toile sur le dessus du pied.

A . . . est en train de verser l'eau minérale dans les trois verres, alignés sur la table basse. Elle distribue les deux pre- 30 miers, puis, tenant le troisième en main, va s'asseoir dans le fauteuil vide, à côté de Franck. Celui-ci a déjà commencé à boire.

«C'est assez froid? lui demande A . . . Les bouteilles sortent du frigo.»   35

Franck hoche la tête et boit une nouvelle gorgée.

«On peut mettre de la glace si vous voulez», dit A . . .

Et, sans attendre une réponse, elle appelle le boy.

[37] **arrière**   Où est le mari?
[38] **courtes**   Ce repas est-il le même que le premier?

Un silence se fait, au cours duquel le boy devrait apparaître, sur la terrasse, à l'angle de la maison. Mais personne ne vient.

Franck regarde A . . ., comme si elle était tenue d'appeler une seconde fois, ou de se lever, ou de prendre une décision 5 quelconque. Elle esquisse une moue rapide en direction de la balustrade.

«Il n'entend pas, dit-elle. Un de nous ferait mieux d'y aller.»

Ni elle ni Franck ne bouge de son siège. Sur le visage de 10 A . . ., tendu de profil vers le coin de la terrasse, il n'y a plus ni sourire ni attente, ni signe d'encouragement. Franck contemple les petites bulles de gaz collées aux parois de son verre, qu'il tient devant ses yeux à une très faible distance.

Une gorgée suffit pour affirmer que cette boisson n'est pas 15 assez froide. Franck n'a pas encore répondu nettement, bien qu'il en ait déjà bu deux. Du reste, une seule bouteille vient du réfrigérateur: l'eau minérale, dont les parois verdâtres sont ternies d'une buée légère où la main aux doigts effilés a laissé son empreinte. 20

Le cognac, lui, reste toujours dans le buffet. A . . ., qui chaque jour apporte le seau à glace en même temps que les verres, ne l'a pas fait aujourd'hui.[39]

«Bah! dit Franck, ça n'est peut-être pas la peine.»

Pour se rendre à l'office, le plus simple est de traverser la 25 maison.[40] Dès la porte franchie, une sensation de fraîcheur accompagne la demi-obscurité. A droite la porte du bureau est entrebâillée.

Les chaussures légères à semelles de caoutchouc ne font aucun bruit sur le carrelage du couloir. Le battant de la porte 30 tourne sans grincer sur ses gonds.[41] Le sol du bureau est carrelé, lui aussi. Les trois fenêtres sont fermées et leurs jalousies n'ont été qu'entrouvertes, pour empêcher la chaleur de midi d'envahir la pièce.

Deux des fenêtres donnent sur la partie centrale de la 35 terrasse. La première, celle de droite, laisse voir par sa plus

---

[39] **aujourd'hui** Est-ce que ces réflexions du mari suggèrent qu'il se passe quelque chose d'autre en lui?
[40] **maison** Qui traverse la maison?
[41] **gonds** Qui se dirige le mari? Remarquez

basse fente, entre les deux dernières lamelles de bois à inclinaison variable, la chevelure noire[42]—le haut de celle-ci, du
moins.

A... est immobile, assise bien droite au fond de son
fauteuil. Elle regarde vers la vallée, devant eux. Elle se tait. 5
Franck, invisible sur la gauche, se tait également, ou bien parle
à voix très basse.

Alors que le bureau—comme les chambres et la salle de
bains—ouvre sur les côtés du couloir, celui-ci se termine en
bout par la salle à manger, dont il n'est séparé par aucune 10
porte. La table est mise pour trois personnes. A... vient sans
doute de faire ajouter le couvert de Franck, puisqu'elle était
censée n'attendre aucun invité pour le déjeuner d'aujourd'hui.

Les trois assiettes sont disposées comme à l'ordinaire,
chacune au milieu d'un des bords de la table carrée. Le 15
quatrième côté, qui n'a pas de couvert, est celui qui longe à
deux mètres environ la cloison nue, où la peinture claire porte
encore la trace du mille-pattes écrasé.[43]

Dans l'office, le boy est en train déjà d'extraire les cubes
de glace de leurs cases. Un seau plein d'eau, posé à terre, lui 20
a servi à réchauffer la petite cuve métallique. Il lève la tête et
sourit largement.

Il aurait à peine eu le temps d'aller prendre les ordres de
A..., sur la terrasse, et de revenir jusqu'ici (par l'extérieur)
avec les objets nécessaires.   25

«Madame, elle a dit d'apporter la glace», annonce-t-il avec
le ton chantant des noirs, qui détache certaines syllabes en
les accentuant d'une façon excessive, au milieu des mots
parfois.

A une question peu précise concernant le moment où il a 30
reçu cet ordre,[44] il répond: «Maintenant», ce qui ne fournit
aucune indication satisfaisante. Elle peut lui avoir demandé
cela en allant chercher le plateau, tout simplement.

Le boy, seul, pourrait le confirmer. Mais il ne voit dans
l'interrogation, mal posée, qu'une invite à se dépêcher davan- 35
tage.

[42] **noire**   Que fait le mari?
[43] **écrasé**   Que suggère le mot «encore»? Pourquoi regarde-t-il la trace
du mille-pattes?
[44] **ordre**   Qu'est-ce que le mari veut maintenant savoir? Pourquoi?

«Tout de suite j'apporte», dit-il pour faire prendre patience.

Il parle de façon assez correcte, mais ne saisit pas toujours ce que l'on veut obtenir de lui. A... parvient pourtant sans aucun mal à s'en faire comprendre. 5

Vu de la porte de l'office, le mur de la salle à manger paraît sans tache. Aucun bruit de conversation n'arrive de la terrasse, à l'autre bout du couloir.

A gauche, la porte du bureau est cette fois[45] demeurée grande ouverte. Mais l'inclinaison trop forte des lames, aux 10 fenêtres, ne permet pas d'observer l'extérieur depuis le seuil.

C'est à une distance de moins d'un mètre seulement qu'apparaissent dans les intervalles successifs, en bandes parallèles que séparent les bandes plus larges de bois gris, les éléments d'un paysage discontinu: les balustres en bois tourné, le 15 fauteuil vide, la table basse où un verre plein repose à côté du plateau portant les deux bouteilles, enfin le haut de la chevelure noire, qui pivote à cet instant vers la droite, où entre en scène au-dessus de la table un avant-bras nu, de couleur brun foncé, terminé par une main plus pâle tenant le seau à glace. 20 La voix de A... remercie le boy. La main brune disparaît. Le seau de métal étincelant, qui se couvre bientôt de buée, reste posée sur le plateau à côté des deux bouteilles.

Le chignon de A... vu de si près, par derrière, semble d'une grande complication. Il est très difficile d'y suivre dans 25 leurs emmêlements les différentes mèches: plusieurs solutions conviennent, par endroit, et ailleurs aucune.

Au lieu de servir la glace, elle continue à regarder vers la vallée. De la terre du jardin, fragmentée en tranches verticales par la balustrade, puis en tranches horizontales par les 30 jalousies, il ne reste que de petits carrés représentant une part très faible de la surface totale—peut-être le tiers du tiers.

Le chignon de A... est au moins aussi déroutant lorsqu'il se présente de profil.[46] Elle est assise à la gauche de Franck. (Il en est toujours ainsi: à la droite de Franck sur la terrasse 35 pour le café ou l'apéritif, à sa gauche pendant les repas dans la salle à manger.) Elle tourne encore le dos aux fenêtres, mais

[45] **cette fois** Pourquoi dit-il «cette fois»? Que fait-il de nouveau?
[46] **de profil** Changement de «prise de vues». De la terrasse ils sont

c'est à présent de ces fenêtres que vient le jour. Il s'agit ici de fenêtres normales, munies de vitres : donnant au nord, elles ne reçoivent jamais le soleil.

Les fenêtres sont closes. Aucun bruit ne pénètre à l'intérieur quand une silhouette passe au dehors devant l'une 5 d'elles,[47] longeant la maison à partir des cuisines et se dirigeant du côté des hangars. C'était, coupé à mi-cuisses, un noir en short, tricot de corps, vieux chapeau mou, à la démarche rapide et ondulante, pieds nus probablement. Son couvre-chef de feutre, informe, délavé, reste en mémoire et devrait le faire 10 reconnaître aussitôt parmi tous les ouvriers de la plantation. Il n'en est rien, cependant.

La seconde fenêtre se trouve située en retrait, par rapport à la table ; elle oblige donc à une rotation du buste vers l'arrière. Mais aucun personnage ne se profile devant celle-là, 15 soit que l'homme au chapeau l'ait déjà dépassée, de son pas silencieux, soit qu'il vienne de s'arrêter ou de changer soudain sa route. Son évanouissement n'étonne guère, faisant au contraire douter de sa première apparition.

«C'est mental, surtout, ces choses-là»,[48] dit Franck. 20

Le roman africain, de nouveau, fait les frais de leur conversation.

«On parle de climat, mais ça ne signifie rien.

—Les crises de paludisme . . .

—Il y a la quinine. 25

—Et la tête, aussi, qui bourdonne à longueur de journée.»

Le moment est venu de s'intéresser à la santé de Christiane[49] Franck répond par un geste de la main : une montée suivie d'une chute plus lente, qui se perd dans le vague, tandis que les doigts se referment sur un morceau de pain posé près 30 de l'assiette. En même temps la lèvre inférieure s'est avancée et le menton a indiqué rapidement la direction de A . . ., qui a dû poser une question indentique, un peu plus tôt.

Le boy fait son entrée, par la porte ouverte de l'office, tenant à deux mains un grand plat creux. 35

A . . . n'a pas prononcé les commentaires que le mouve-

---

[47] **l'une d'elles** Pourquoi le mari voit-il la silhouette?
[48] **choses-là** Cette conversation a-t-elle déjà eu lieu? Quand?
[49] **Christiane** Qui pose la question à Franck, question à laquelle Franck répond?

ment de Franck était censé introduire. Il reste une ressource:
prendre des nouvelles de l'enfant. Le même geste—ou peu
s'en faut—se reproduit, qui s'achève encore dans le mutisme de
A...

«Toujours pareil», dit Franck. 5
En sens inverse, derrière les carreaux, repasse le chapeau
de feutre. L'allure souple, vive et molle à la fois, n'a pas
changé. Mais l'orientation contraire du visage dissimule entièrement celui-ci.

Au delà du verre grossier, d'une propreté parfaite, il n'y 10
a plus que la cour caillouteuse, puis, montant vers la route et
le bord du plateau, la masse verte des bananiers. Dans leur
feuillage sans nuance les défauts de la vitre dessinent des
cercles mouvants.[50]

La lumière elle-même est comme verdie qui éclaire la salle 15
à manger, les cheveux noirs aux improbables circonvolutions,
la nappe sur la table et la cloison nue où une tache sombre,
juste en face de A..., ressort sur la peinture claire, unie et
mate.[51]

Pour voir le détail de cette tache avec netteté, afin d'en 20
distinguer l'origine, il faut s'approcher tout près du mur et se
tourner vers la porte de l'office. L'image du mille-pattes écrasé
se dessine alors, non pas intégrale, mais composée de fragments
assez précis pour ne laisser aucun doute. Plusieurs des articles
du corps ou des appendices ont imprimé là leurs contours, 25
sans bavure, et demeurent reproduits avec une fidélité de
planche anatomique: une des antennes, deux mandibules recourbées, la tête et le premier anneau, la moitié du second, trois
pattes de grande taille. Viennent ensuite des restes plus flous:
morceaux de pattes et forme partielle d'un corps convulsé en 30
point d'interrogation.

C'est à cette heure-ci que l'éclairage de la salle à manger
est le plus favorable. De l'autre côté de la table carrée où le
couvert n'est pas encore mis,[52] une des fenêtres, dont aucune

[50] **mouvants** La déformation de la vitre qui transforme ce qu'elle
reflète suggère-t-elle quelque comparaison avec le jeu d'images qui
obsède le narrateur?
[51] **mate** Comment les cheveux d'A... sont-ils associés ici avec la
tache?
[52] **mis** Changement de saisie de vues « Il s'agit d'un autre incident

trace de poussière ne ternit les vitres, est ouverte sur la cour qui se reflète, en outre, dans l'un des battants.

Entre les deux battants, comme à travers celui de droite qui est à demi poussé, s'encadre, divisée en deux par le montant vertical, la partie gauche de la cour où la camion- 5 nette bâchée stationne, son capot tourné vers le secteur nord de la bananeraie. Il y a sous la bâche une caisse en bois blanc, neuve, marquée de grosses lettres noires, à l'envers, peintes au pochoir.

Dans le battant gauche, le paysage réfléchi est plus brillant 10 quoique plus sombre. Mais il est distordu par les défauts du verre, des taches de verdure circulaires ou en forme de crois-sants, de la teinte des bananiers, se promenant au milieu de la cour devant les hangars.[53]

Entamée par un de ces anneaux mobiles de feuillage, la 15 grosse conduite-intérieure bleue demeure néanmoins bien reconnaissable, ainsi que la robe de A..., debout près de la voiture.

Elle est penchée vers la portière. Si la vitre en a été baissée —ce qui est vraisemblable—A... peut avoir introduit son 20 visage dans l'ouverture au-dessus des coussins. Elle risque en se redressant de défaire sa coiffure contre les bords du cadre et de voir ses cheveux se répandre, à la rencontre du conducteur resté au volant.

Celui-ci est encore là pour le dîner, affable et souriant. Il 25 se laisse tomber dans un des fauteuils tendus de cuir, sans que personne le lui ait désigné, et prononce son exclamation coutumière au sujet de leur confort:

«Ce qu'on est bien là-dedans!»

Sa chemise blanche fait une tache plus pâle dans la nuit, 30 contre le mur de la maison.

Pour ne pas risquer d'en renverser le contenu par un faux mouvement, dans l'obscurité complète, A... s'est approchée le plus possible du fauteuil où est assis Franck, tenant avec pré-caution dans la main droite le verre qu'elle lui destine. Elle 35 s'appuie de l'autre main au bras du fauteuil et se penche vers lui, si près que leurs têtes sont l'une contre l'autre. Il murmure quelques mots: sans doute un remerciement. Mais les paroles

[53] **hangars** Cette constatation a-t-elle un sens?

se perdent dans le vacarme assourdissant des criquets qui monte de toutes parts.

A table, la disposition des lampes une fois modifiée de manière à éclairer moins directement les convives, la conversation reprend, sur les sujets familiers, avec les mêmes phrases.[54]

Le camion de Franck est tombé en panne au milieu de la montée, entre le kilomètre soixante—point où la route quitte la plaine—et le premier village.[55] C'est une voiture de la gendarmerie qui, passant par là, s'est arrêtée à la plantation pour prévenir Franck. Quand celui-ci est arrivé sur les lieux, deux heures plus tard, il n'a pas trouvée son camion à l'endroit indiqué, mais beaucoup plus bas, le chauffeur ayant essayé de lancer le moteur en marche arrière, au risque de s'écraser contre un arbre en manquant un des tournants.

Espérer un résultat quelconque, en opérant de cette façon, était d'ailleurs absurde. Il a fallu démonter complètement le carburateur, une fois de plus. Franck heureusement avait emporté un casse-croûte, car il n'a été de retour qu'à trois heures et demie. Il a décidé de remplacer ce camion le plus tôt possible, et c'est bien la dernière fois—dit-il—qu'il achète du vieux matériel militaire:

«On croit faire un bénéfice, mais ça coûte en définitive beaucoup plus.»

Son intention est de prendre maintenant un véhicule neuf. Il va descendre lui-même jusqu'au port à la première occasion et rencontrer les concessionnaires des principales marques, afin de connaître exactement les prix, les divers avantages, les délais de livraison, etc . . .

S'il avait un peu plus d'expérience, il saurait qu'on ne confie pas de machines modernes à des chauffeurs noirs, qui les démolissent tout aussi vite, sinon plus.[56]

«Quand comptez-vous y aller? demande A . . .

—Je ne sais pas . . .» Ils se regardent, tournés l'un vers l'autre, par-dessus le plat que Franck soutient d'un seul bras, vingt centimètres plus haut que le niveau de la table. «Peut-être la semaine prochaine.

[54] **phrases** Tout le paragraphe qui suit rapporte les paroles de Franck.
[55] **village** Reprise de la conversation du premier dîner raconté. Comparez les deux et cherchez les éléments nouveaux.
[56] **plus** Qui fait cette réflexion?

—Il faut aussi que je descende en ville, dit A . . .; j'ai des quantités de courses à faire.

—Eh bien, je vous emmène. En partant de bonne heure, nous pouvons être rentrés dans la nuit.»

Il pose le plat, sur sa gauche, et s'apprête à se servir. A . . . 5 ramène son regard dans l'axe de la table.

«Un mille-pattes!» dit-elle à voix plus contenue, dans le silence qui vient de s'établir.[57]

Franck relève les yeux. Se réglant, ensuite, sur la direction indiquée par ceux—immobiles—de sa voisine, il tourne la tête 10 de l'autre côté, vers sa droite.

Sur la peinture claire de la cloison, en face de A . . ., une scutigère de taille moyenne (longue à peu près comme le doigt) est apparue, bien visible malgré la douceur de l'éclairage. Elle ne se déplace pas, pour le moment, mais l'orientation 15 de son corps indique un chemin qui coupe le panneau en diagonale: venant de la plinthe, côté couloir, et se dirigeant vers l'angle du plafond. La bête est facile à identifier grâce au grand développement des pattes, à la partie postérieure surtout. En l'observant avec plus d'attention, on distingue, à l'autre 20 bout, le mouvement de bascule des antennes.

A . . . n'a pas bronché depuis sa découverte: très droite sur sa chaise, les deux mains reposant à plat sur la nappe de chaque côté de son assiette. Les yeux grands ouverts fixent le mur. La bouche n'est pas tout à fait close et, peut-être, tremble 25 imperceptiblement.

Il n'est pas rare de rencontrer ainsi différentes sortes de mille-pattes, à la nuit tombée, dans cette maison de bois déjà ancienne. Et cette espèce-ci n'est pas une des plus grosses, elle est loin d'être la plus venimeuse. A . . . fait bonne contenance, 30 mais elle ne réussit pas à se distraire de sa contemplation, ni à sourire de la plaisanterie concernant son aversion pour les scutigères.

Franck, qui n'a rien dit, regarde A . . . de nouveau. Puis il se lève de sa chaise, sans bruit, gardant sa serviette à la 35 main. Il roule celle-ci en bouchon et s'approche du mur.

A . . . semble respirer un peu plus vite; ou bien c'est une

---

[57] **s'établir** Voici l'incident central. Peut-on commencer à deviner pourquoi le mille-pattes obsède le mari?

illusion. Sa main gauche se ferme progressivement sur son couteau. Les fines antennes accélèrent leur balancement alterné.[58]

Soudain la bête incurve son corps et se met à descendre en biais vers le sol, de toute la vitesse de ses longues pattes, tandis que la serviette en boule s'abat, plus rapide encore. 5

La main aux doigts effilés s'est crispée sur le manche du couteau; mais les traits du visage n'ont rien perdu de leur fixité. Franck écarte la serviette du mur et, avec son pied, achève d'écraser quelque chose sur le carrelage, contre la 10 plinthe.

Un mètre plus haut, environ, la peinture reste marquée d'une forme sombre, un petit arc qui se tord en point d'interrogation, s'estompant à demi d'un côté, entouré çà et là de signes plus ténus, d'où A . . . n'a pas encore détaché son 15 regard.

Le long de la chevelure défaite, la brosse descend avec un bruit léger, qui tient du souffle et du crépitement.[59] A peine arrivée en bas, très vite, elle remonte vers la tête, où elle frappe de toute la surface des poils, avant de glisser derechef sur la 20 masse noire, ovale couleur d'os dont le manche, assez court, disparaît presque entièrement dans la main qui l'enserre avec fermeté.

Une moitié de la chevelure pend dans le dos, l'autre main ramène en avant de l'épaule l'autre moitié. Sur ce côté (le 25 côté droit) la tête s'incline, de manière à mieux offrir les cheveux à la brosse. Chaque fois que celle-ci s'abat, tout en haut, derrière la nuque, la tête penche davantage et remonte ensuite avec effort, pendant que la main droite—qui tient la brosse—s'éloigne en sens inverse. La main gauche—qui en- 30 toure les cheveux sans les serrer, entre le poignet, la paume et les doigts—lui laisse un instant libre passage et se referme en rassemblant les mèches à nouveau, d'un geste sûr, arrondi, mécanique, tandis que la brosse continue sa course jusqu'à

---

[58] **alterné** Noter les associations: la main, le couteau, les antennes qui vibrent

[59] **crépitement** Quelles associations nous font passer du mille-pattes à la chevelure?

l'extrême pointe. Le bruit, qui varie progressivement d'un bout
à l'autre, n'est plus alors qu'un pétillement sec et peu nourri,
dont les derniers éclats se produisent une fois que la brosse,
quittant les plus longs cheveux, est en train déjà de remonter
la branche ascendante du cycle, décrivant dans l'air une 5
courbe rapide qui la reporte au-dessus du cou, là où les
cheveux sont aplatis sur l'arrière de la tête et dégagent la
blancheur d'une raie médiane.

A gauche de cette raie, l'autre moitié de la chevelure noire
pend librement jusqu'à la taille, en ondulations souples. Plus 10
à gauche encore le visage ne laisse voir qu'un profil perdu.
Mais, au delà, c'est la surface du miroir, qui renvoie l'image
du visage entier, de face, et le regard—inutile sans doute pour
la surveillance du brossage—dirigé en avant comme il est
naturel. 15

Ainsi les yeux de A... devraient rencontrer la fenêtre
grande ouverte qui donne sur le pignon ouest, face à laquelle
elle se coiffe devant la petite table agencée pour cet usage,
munie en particulier d'une glace verticale qui réfléchit le
regard en arrière, vers la troisième fenêtre de la chambre, la 20
partie centrale de la terrasse et l'amont de la vallée.

La seconde fenêtre, qui donne au midi comme cette
dernière, est seulement plus proche de l'angle sud-ouest de la
maison; elle aussi est ouverte en grand. Elle montre[60] le côté
de la table-coiffeuse, la tranche du miroir, le profil gauche du 25
visage et les cheveux défaits qui tombent librement sur l'épaule,
le bras gauche qui se replie pour atteindre la moitié droite de
la chevelure.

Comme la nuque s'incline de biais sur ce côté, le visage se
trouve légèrement tourné vers la fenêtre. Sur la plaque de 30
marbre aux rares traînées grises sont alignés les pots et les
flacons, de tailles et de formes diverses; plus en avant repose
un grand peigne d'écaille et une seconde brosse, en bois celle-ci,
à manche plus long, qui présente sa face hérissée de soies
noires. 35

A... doit venir de se laver les cheveux, car elle ne serait
pas, sans cela, occupée à les peigner au milieu du jour. Elle a
interrompu ses mouvements, ayant peut-être fini avec ce côté-
là. C'est néanmoins sans changer la position des bras, ni
[60] **montre**   A qui? Où est-il?

bouger le buste, qu'elle tourne tout à fait son visage vers la croisée située à sa gauche, pour regarder la terrasse, la balustrade à jours et le versant opposé du vallon.

L'ombre raccourcie du pilier qui soutient l'angle du toit se projette sur les dalles de la terrasse en direction de la 5 première fenêtre, celle du pignon; mais elle est loin de l'atteindre, car le soleil est encore trop haut dans le ciel. Le pignon de la maison est tout entier dans l'ombre du toit; quant au segment ouest de la terrasse, le long de ce pignon, une bande ensoleillée d'un mètre à peine s'y intercale entre l'ombre du 10 toit et l'ombre de la balustrade, que n'interrompt à ce moment aucune entaille.

C'est devant cette fenêtre, à l'intérieur de la chambre, qu'a été poussée la coiffeuse en acajou verni et marbre blanc, dont un exemplaire figure toujours dans ces habitations de style 15 colonial.

L'envers du miroir[61] est une plaque de bois plus grossier, rougeâtre également, mais terne, de forme ovale, qui porte une inscription à la craie effacée aux trois quarts. A droite, le visage de A..., qu'elle penche maintenant vers sa gauche pour 20 brosser l'autre moitié de la chevelure, laisse dépasser un œil qui regarde devant soi, comme il est naturel, vers la fenêtre béante et la masse verte des bananiers.

Au bout de cette branche ouest de la terrasse s'ouvre la porte extérieure de l'office, qui donne accès ensuite à la salle 25 à manger, où la fraîcheur se maintient tout l'après-midi. Sur la cloison nue, entre la porte de l'office et le couloir, la tache formée par les restes du mille-pattes est à peine visible sous l'incidence rasante. Le couvert est mis pour trois personnes; trois assiettes occupent trois des côtés de la table carrée: le côté 30 du buffet, le côté des fenêtres, le côté tourné vers le centre de la longue pièce, dont l'autre moitié forme une sorte de salon, après la ligne médiane déterminée par l'ouverture du couloir et la porte donnant sur la cour, grâce à laquelle il serait aisé de rejoindre les hangars où le contremaître indigène a son 35 bureau.

Mais pour apercevoir le salon depuis la table—ou, par une fenêtre, le côté des hangars—il faudrait occuper la place de Franck: le dos tourné au buffet.

61 miroir Pourquoi voit-il l'envers du miroir?

Cette place est vide, à présent.[62] La chaise est cependant mise au bon endroit, l'assiette et les couverts sont à leur place aussi; mais il n'y a rien entre le bord de la table et le dossier de la chaise, qui garde à découvert ses garnitures de pailles épaisses ordonnées en croix; et l'assiette est propre, brillante, 5 entourée des couteaux et fourchettes au complet, comme au début du repas.

A... qui s'est enfin résolue à faire servir le déjeuner sans plus attendre l'hôte, puisqu'il n'arrivait pas, est assise rigide et muette à sa propre place, devant les fenêtres. Cette situation 10 à contre-jour, dont le manque de commodité paraît flagrant, a été choisie par elle-même une fois pour toutes. Elle mange avec une économie de gestes extrême, sans tourner la tête à droite ni à gauche, les paupières un peu plissées comme si elle cherchait à découvrir quelque tache sur la cloison nue en face 15 d'elle, où la peinture immaculée n'offre pourtant pas la moindre prise au regard.[63]

Après avoir desservi les hors-d'œuvre en se gardant de changer l'assiette inutile de l'invité absent, le boy opère une nouvelle entrée, par la porte ouverte de l'office, tenant à deux 20 mains un grand plat creux. A... ne se détourne même pas pour y jeter son coup d'œil de maîtresse de maison. A sa droite, sans rien dire, le boy dépose le plat sur la nappe blanche. Il contient une purée jaunâtre, d'ignames probablement, d'où s'élève une mince ligne de vapeur, qui soudain se courbe, 25 s'étale, s'évanouit sans laisser de trace pour reparaître aussitôt, longue, fine et verticale, au-dessus de la table.

Au milieu de celle-ci figure déjà un autre plat intact, où, sur un fond de sauce brune, sont rangés l'un près de l'autre trois oiseaux rôtis de petit format. 30

Le boy s'est retiré, silencieux comme à l'ordinaire. A..., tout à coup, se décide à quitter le mur nu et considère à tour de rôle les deux plats, sur sa droite et devant elle. Ayant saisi la cuillère appropriée, elle se sert, avec des gestes mesurés et précis: le plus petit des trois oiseaux, puis un peu de purée. 35 Ensuite elle prend le plat qui est à sa droite et le dépose à sa gauche; la grande cuillère est restée dedans.

Elle commence, dans son assiette, un méticuleux exercice

[62] **à present**   Cet incident a-t-il déjà été mentionné?
[63] **au regard**   Pourquoi A... ne voit-elle pas la tache?

de découpage. Malgré la petitesse de l'objet, comme s'il s'agissait d'une démonstration d'anatomie, elle décolle les membres,
tronçonne le corps aux points d'articulation, détache la chair
du squelette avec la pointe de son couteau tout en maintenant
les pièces avec sa fourchette, sans appuyer, sans jamais s'y   5
reprendre à deux fois, sans même avoir l'air d'effectuer un
travail difficile ou inhabituel. Ces oiseaux, il est vrai, revien-
nent souvent dans le menu.

Lorsqu'elle a terminé, elle relève la tête dans l'axe de la
table et reste immobile de nouveau, pendant que le boy enlève 10
les assiettes garnies de petits os brunâtres, puis les deux plats,
dont l'un contient encore le troisième oiseau rôti, celui qui
était destiné à Franck.

Le couvert de celui-ci demeure dans son état primitif
jusqu'à la fin du repas. Sans doute a-t-il été retardé, comme   15
cela n'est pas rare, par quelque incident survenu dans sa
plantation, puisqu'il n'aurait pas remis ce déjeuner pour
d'éventuels malaises de sa femme ou de son enfant.

Bien qu'il soit peu probable que l'invité vienne maintenant,
peut-être A... guette-t-elle encore le bruit d'une voiture   20
descendant la pente depuis la grand-route. Mais par les
fenêtres de la salle à manger, dont l'une au moins est à demi
ouverte, n'arrive aucun ronronnement de moteur, ni autre
bruit, à cette heure de la journée où tout travail s'est interrompu et où les bêtes se taisent, dans la chaleur.   25

La fenêtre du coin a ses deux battants ouverts—en partie,
toutefois. Celui de droite n'est qu'entrebâillé, si bien qu'il
masque encore sensiblement la moitié de l'embrasure. Le
gauche au contraire est poussé en arrière vers le mur, mais pas
à fond non plus: il ne s'écarte guère, en fait, de la perpen-   30
diculaire au plan du chambranle. La fenêtre présente, de cette
façon, trois panneaux d'égale hauteur qui sont de largeur
voisine: au milieu l'ouverture béante et, de chaque côté, une
partie vitrée comprenant trois carreaux. Dans l'une comme
dans les autres s'encadrent des fragments du même paysage: 35
la cour caillouteuse et la masse verte des bananiers.

Les vitres sont d'une propreté parfaite et, dans le panneau
de droite, la disposition des lignes n'est qu'à peine altérée par
les défauts du verre, qui donnent simplement quelques nuances
mouvantes aux surfaces trop uniformes. Mais dans le panneau   40

de gauche, plus sombre quoique plus brillant, l'image réfléchie est franchement distordue, des taches de verdure circulaires ou en forme de croissants, de la couleur des bananiers, se promenant au milieu de la cour devant les hangars.[64]

La grosse conduite-intérieure bleue de Franck, qui vient de s'arrêter là,[65] se trouve elle-même entamée par un de ces anneaux mobiles de feuillage, ainsi, maintenant, que la robe blanche de A... descendue la première de la voiture.

Elle se penche vers la portière fermée. Si la vitre en a été baissée—ce qui est vraisemblable—A... peut avoir introduit son visage dans l'ouverture au-dessus des coussins. Elle risque en se redressant de déranger l'ordonnance de sa coiffure contre les bords du cadre et de voir ses cheveux, d'autant plus prompts à se défaire qu'ils sont fraîchement lavés, se répandre à la rencontre du conducteur resté au volant.

Mais elle s'écarte sans dommage de la voiture bleue, dont le moteur qui a continué de tourner emplit à présent la cour d'un ronflement accru, et, après un dernier regard en arrière, se dirige seule, de son pas décidé, vers la porte centrale de la maison qui ouvre directement sur la grande salle.

En face de cette porte débouche le couloir, sans aucune séparation d'avec le salon-salle à manger. Des portes latérales s'y succèdent, de chaque côté; la dernière à gauche, celle du bureau, n'est pas tout à fait close. Le battant pivote sans grincer sur ses gonds bien huilés; il retrouve ensuite sa position initiale, avec autant de discrétion.[66]

A l'autre bout de la maison, la porte d'entrée, manœuvrée avec moins de ménagements, s'est ouverte puis refermée; puis le bruit léger, mais net, des hauts talons sur le carrelage traverse la pièce principale et s'approche le long du couloir.

Les pas s'arrêtent devant la porte du bureau, mais c'est celle d'en face, donnant accès à la chambre, qui est ouverte puis refermée.

Symétriques de celles de la chambre, les trois fenêtres[67] ont à cette heure-ci leurs jalousies baissées plus qu'à moitié. Le

---

[64] **hangars** Cette description vous est-elle familière? Quel effet a-t-elle sur vous?
[65] **là** Changement de scène: le retour de Franck et A...
[66] **discrétion** Pourquoi la porte du bureau bouge-t-elle?
[67] **fenêtres** Du bureau.

bureau est ainsi plongé dans un jour diffus qui enlève aux
choses tout leur relief. Les lignes en sont tout aussi nettes
cependant, mais la succession des plans ne donne plus aucune
impression de profondeur, de sorte que les mains se tendent
instinctivement en avant du corps, pour reconnaître les dis- 5
tances avec plus de sûreté.

La pièce heureusement n'est pas très encombrée; des
classeurs et rayonnages contre les parois, quelques sièges, enfin
le massif bureau à tiroirs qui occupe toute la région comprise
entre les deux fenêtres au midi, dont l'une—celle de droite, la 10
plus proche du couloir—permet d'observer, par les fentes
obliques entre les lames de bois, un découpage en raies lumi-
neuses parallèles de la table et des fauteuils, sur la terrasse.

Sur le coin du bureau se dresse un petit cadre incrusté de
nacre, contenant une photographie prise par un opérateur 15
ambulant lors des premières vacances en Europe, après le
séjour africain.

Devant la façade d'un grand café au décor modern-style,
A... est assise sur une chaise compliquée, métallique, dont
les accoudoirs et le dossier, aux spirales en accolades, semblent 20
moins confortables que spectaculaires. Mais A..., dans sa
façon de se tenir sur ce siège, montre selon son habitude beaucoup de naturel, évidemment sans la moindre mollesse.

Elle s'est un peu tournée pour sourire au photographe,
comme afin de l'autoriser à prendre ce cliché impromptu. Son 25
bras nu, en même temps, n'a pas modifié le geste qu'il amor-
çait pour reposer le verre sur la table, à côté d'elle.

Mais ce n'était pas en vue d'y mettre de la glace,[68] car elle
ne touche pas au seau de métal étincelant, qui est bientôt
couvert de buée. 30

Immobile, elle regarde vers la vallée, devant eux. Elle se
tait. Franck, invisible sur la gauche, se tait également. Il est
possible qu'elle ait entendu un bruit anormal, derrière son dos,
et qu'elle se prépare à quelque mouvement sans préméditation
discernable, qui lui permettrait de regarder par hasard en 35
direction de la jalousie.[69]

La fenêtre qui donne à l'est, de l'autre côté du bureau,

---

[68] glace Par quelle association d'images glisse-t-on de la photo à la
scène sur la terrasse?

[69] jalousie Qu'est-ce que cette réflexion révèle chez le mari?

n'est pas une simple croisée comme l'ouverture correspondante, dans la chambre, mais une porte-fenêtre, qui permet de sortir directement sur la terrasse sans passer par le couloir.

Cette partie-ci de la terrasse reçoit le soleil du matin,[70] le seul dont personne ne cherche à se protéger. Dans l'air presque 5 frais qui suit le lever du jour, le chant des oiseaux remplace celui des criquets nocturnes, et lui ressemble, quoique plus inégal, agrémenté de temps à autre par quelques sons un peu plus musicaux. Quant aux oiseaux eux-mêmes, ils ne se montrent pas plus que les criquets, restant à couvert sous les 10 panaches de larges feuilles vertes, tout autour de la maison.

Dans la zone de terre nue qui sépare celle-ci de ceux-là, et où se dressent à intervalles égaux les jeunes plants d'orangers —tiges maigres ornées d'un rare feuillage de couleur sombre —le sol scintille des innombrables toiles chargées de rosée, que 15 des araignées minuscules ont tendues entre les mottes de terre après le labour.

A droite, ce bout de terrasse rejoint l'extrémité du salon. Mais c'est toujours en plein air, devant la façade au midi— d'où l'on domine toute la vallée—qu'est servi le déjeuner 20 matinal. Sur la table basse, près de l'unique fauteuil[71] amené là par le boy, sont déjà disposées la cafetière et la tasse. A... n'est pas encore levée, à cette heure-ci. Les fenêtres de sa chambre sont encore fermées.

Tout au fond de la vallée, sur le pont de rondins qui franchit 25 la petite rivière, il y a un homme accroupi, tourné vers l'amont. C'est un indigène, vêtu d'un pantalon bleu et d'un tricot de corps, sans couleur, qui laisse nues les épaules. Il est penché vers la surface liquide, comme s'il cherchait à voir quelque chose dans l'eau boueuse. 30

Devant lui, sur l'autre rive, s'étend une pièce en trapèze, curviligne du côté de l'eau, dont tous les bananiers ont été récoltés à une date plus ou moins récente.[72] Il est facile d'y compter les souches, les troncs abattus pour la coupe laissant en place un court moignon terminé par une cicatrice en forme 35

[70] **matin**   Changement de scène.
[71] **fauteuil**   Qui déjeune seul sur la terrasse? Quel incident est rappellé?
[72] **récente**   Le décor a-t-il changé?

de disque, blanc ou jaunâtre selon son état de fraîcheur. Leur dénombrement par ligne donne, de gauche à droite : vingt-trois, vingt-deux, vingt-deux, vingt-et-un, vingt-et-un, vingt, vingt-et-un, vingt, vingt, etc . . .

Juste à côté de chaque disque blanc, mais dans des directions variables, a poussé le rejet de remplacement. Suivant la précocité du premier régime, ce nouveau plant a maintenant entre cinquante centimètres et un mètre de haut.

A . . . vient d'apporter les verres, les deux bouteilles et le seau à glace. Elle commence à servir : le cognac dans les trois verres, puis l'eau minérale, enfin trois cubes de glace transparente qui emprisonnent en leur cœur un faisceau d'aiguilles argentées.

« Nous partirons de bonne heure, dit Franck.

—C'est-à-dire ?

—Six heures, si vous voulez bien.

—Oh ! là là . . .

—Ça vous fait peur ?

—Mais non. » Elle rit. Puis, après un silence : « Au contraire, c'est très amusant. »

Ils boivent à petites gorgées.

« Si tout va bien, dit Franck, nous pourrions être en ville vers dix heures et avoir déjà pas mal de temps avant le déjeuner.

—Bien sûr, je préfère aussi », dit A . . .

Ils boivent à petites gorgées.

Ensuite ils parlent d'autre chose. Ils ont achevé maintenant l'un comme l'autre la lecture de ce livre qui les occupe depuis quelque temps ; leurs commentaires peuvent donc porter sur l'ensemble : c'est-à-dire à la fois sur le dénouement et sur d'anciens épisodes (sujets de conversations passées) que ce dénouement éclaire d'un jour nouveau, ou auxquels il apporte une signification complémentaire.

Jamais ils n'ont émis au sujet du roman le moindre jugement de valeur, parlant au contraire des lieux, des événements, des personnages, comme s'il se fût agi de choses réelles : un endroit dont ils se souviendraient (situé d'ailleurs en Afrique), des gens qu'ils y auraient connus, ou dont on leur aurait raconté l'histoire. Les discussions, entre eux, se sont toujours gardées de mettre en cause la vraisemblance, la cohérence, ni aucune qualite du récit. En revanche il leur arrive souvent de reprocher aux héros eux-mêmes certains actes, ou certains traits de caractère, comme ils le feraient pour des amis communs.

Ils déplorent aussi quelquefois les hasards de l'intrigue, 5 disant que «ce n'est pas de chance», et ils construisent alors un autre déroulement probable à partir d'une nouvelle hypothèse, «si ça n'était pas arrivé». D'autres bifurcations possibles se présentent, en cours de route, qui conduisent toutes à des fins différentes. Les variantes sont très nombreuses; les variantes 10 des variantes encore plus. Ils semblent même les multiplier à plaisir, échangeant des sourires, s'excitant au jeu, sans doute un peu grisés par cette prolifération . . .

«Mais, par malheur, il est justement rentré plus tôt ce jour-là, ce que personne ne pouvait prévoir.» 15

Franck balaye ainsi d'un seul coup les fictions qu'ils viennent d'échafauder ensemble. Rien ne sert de faire des suppositions contraires, puisque les choses sont ce qu'elles sont: on ne change rien à la réalité.

Ils boivent à petites gorgées. Dans les trois verres, les 20 morceaux de glace ont maintenant tout à fait disparu. Franck examine ce qui reste de liquide doré, au fond du sien. Il l'incline d'un côté, puis de l'autre, s'amusant à détacher les petites bulles collées aux parois.

«Pourtant, dit-il, ça avait très bien commencé.» Il se tourne 25 vers A . . . pour la prendre à témoin: «Nous étions partis à l'heure prévue et nous avions roulé sans incident. Il était à peine dix heures quand nous sommes arrivés en ville.»[73]

Franck s'est arrêté. A . . . reprend, comme afin de l'encourager à poursuivre: 30

«Et vous n'avez rien remarqué d'anormal, n'est-ce pas, durant toute la journée?

—Non, rien du tout. En un sens, il aurait mieux valu que la panne se produise tout de suite, avant le déjeuner. Pas pendant le voyage, mais en ville, avant le déjeuner. Ça 35 m'aurait gêné pour certaines de mes courses, un peu éloignées du centre, mais au moins j'aurais eu le temps de trouver un garagiste pour faire la réparation dans l'après-midi.

[73] **ville** Quand cette conversation a-t-elle lieu par rapport aux évènements? De quel évènement s'agit-il?

—Car, en somme, ça n'était pas grand chose, précise A ...
d'un air interrogatif.

—Non, rien du tout.»

Franck regarde son verre. Au bout d'un assez long silence,
et quoique personne ne lui ait rien demandé cette fois, il 5
continue ses explications:

«Au moment de mettre en route, après le dîner, le moteur
n'a plus rien voulu savoir. Il était trop tard, évidemment, pour
tenter quoi que ce soit: tous les garages étaient fermés. Nous
n'avions plus qu'à attendre le lendemain.» 10

Les phrases se succèdent, chacune à sa place s'enchaînant
de façon logique. Le débit mesuré, uniforme, ressemble de plus
en plus à celui du témoignage en justice, ou de la récitation.

«Quand même, dit A ..., vous avez cru d'abord que vous
pourriez réparer tout seul. En tout cas vous avez essayé. Mais 15
vous n'êtes pas un mécanicien bien étonnant, n'est-ce pas?»

Elle sourit en prononçant ces derniers mots. Ils se regardent. Il sourit à son tour. Puis, lentement, cela se transforme en une sorte de grimace.[74] Elle, en revanche, conserve
son air de sérénité amusée. 20

Ce n'est pourtant pas l'habitude des réparations de fortune
qui peut manquer à Franck, lui dont le camion est toujours en
panne ...[75]

«Oui, dit-il, ce moteur-là je commence à le connaître. Mais
la voiture, elle, ne m'a pas donné souvent d'ennuis.» 25

En effet il ne doit jamais avoir été question d'aucun autre
incident concernant la grosse conduite-intérieure bleue, qui
du reste est presque neuve.

«Il faut un commencement à tout», répond Franck. Puis,
après une pause: «Ça n'est pas de chance, justement ce jour- 30
là ...»

Un petit geste de la main droite—une montée suivie d'une
chute plus lente—vient se terminer à son point de départ, sur
la bande de cuir qui constitue le bras du fauteuil. Franck a
une figure lasse; le sourire n'y est pas reparu depuis la grimace 35
de tout à l'heure. Son corps semble s'être tassé au fond du
siège.

[74] **grimace** Que semble indiquer cette grimace?

[75] **panne** Qui fait cette réflexion? Et celle qui suit la réponse de
Franck?

«Pas de chance, peut-être, mais ce n'est pas un drame»,
reprend A... d'un ton insouciant, qui contraste avec celui
de son compagnon. «Si nous avions eu le moyen de prévenir,
le retard n'avait même aucune importance; seulement, avec
ces plantations perdues dans la brousse, que pouvait-on faire? 5
De toute façon, ça vaut mieux que de s'être trouvé en panne au
milieu de la route, en pleine nuit!»

Cela vaut mieux, aussi, qu'un accident. Il ne s'agit que
d'un aléa sans conséquence, une aventure sans gravité, un des
menus inconvénients de la vie aux colonies. 10

«Je crois que je vais rentrer», dit Franck.

Il s'est juste arrêté en passant, pour déposer A... Il ne
veut pas s'attarder davantage. Christiane doit se demander ce
qu'il devient et Franck a grand hâte de la rassurer.[76] Il se
lève en effet de son fauteuil, avec une vigueur soudaine, et pose 15
sur la table basse le verre qu'il vient de finir d'un trait.

«Au revoir, dit A... sans quitter son propre siège, et
merci à vous.»

Franck ébauche un mouvement du bras, signe convenu de
protestation. A... insiste: 20

«Mais si! Voilà deux jours que je vous encombre.

—Au contraire, je suis désolé de vous avoir imposé une
nuit dans ce piètre hôtel.»

Il a fait deux pas, il s'arrête avant de s'engager dans le
couloir qui traverse la maison, il se retourne à demi: «Excusez- 25
moi, encore, d'être un si mauvais mécanicien.» La même
grimace, mais plus rapide, passe sur ses lèvres. Il disparaît vers
l'intérieur.

Ses pas résonnent sur les carreaux du couloir. Il avait
aujourd'hui des souliers à semelles de cuir, avec son complet 30
blanc, défraîchi par le voyage.

Lorsque la porte d'entrée, à l'autre bout de la maison, s'est
ouverte puis refermée, A... se lève à son tour et quitte la
terrasse par la même issue. Mais elle pénètre aussitôt dans la
chambre, dont elle clôt la porte au verrou derrière soi, en 35
faisant claquer le pêne.[77] Dans la cour, devant la façade nord,
le bruit d'un moteur que l'on met en route est vite suivi par la

---

[76] **rassurer** Discours indirect; paroles de Franck.
[77] **pêne** Pourquoi s'enferme-t-elle à clé?

plainte aiguë d'un démarrage trop prompt. Franck n'a pas dit le genre de réparation dont avait eu besoin sa voiture.

A... ferme les fenêtres de la chambre qui sont restées grandes ouvertes toute la matinée, elle baisse l'une après l'autre les jalousies. Elle va se changer; et prendre une douche, sans 5 doute, après le long chemin qu'elle vient de parcourir.

La salle de bains communique directement avec la chambre. Une seconde porte donne sur le couloir; le verrou en est poussé de l'intérieur, d'un geste vif qui fait claquer le pêne. 10

La pièce suivante, toujours du même côté du couloir, est une chambre, beaucoup plus petite, qui contient un lit à une seule personne. Deux mètres plus loin, le couloir débouche dans la salle à manger.

La table est mise pour une seule personne.[78] Il va falloir 15 faire ajouter le couvert de A...

Sur le mur nu, la trace du mille-pattes écrasé est encore parfaitement visible.[79] Rien n'a dû être tenté pour éclaircir la tache, de peur d'abîmer la belle peinture mate, non lavable, probablement. 20

La table est mise pour trois personnes, selon la disposition coutumière... Franck et A..., assis chacun à sa place, parlent du voyage en ville qu'ils ont l'intention de faire ensemble, dans le courant de la semaine suivante, elle pour diverses courses, lui pour se renseigner au sujet du nouveau 25 camion qu'il a projeté d'acquérir.

Ils ont déjà fixé l'heure du départ ainsi que celle du retour, supputé la durée approximative des trajets, calculé le temps dont ils disposeront pour leurs affaires, compte tenu du déjeuner et du dîner. Ils n'ont pas précisé s'ils prendraient 30 ceux-ci chacun de son côté, ou s'ils se retrouveraient pour les prendre ensemble. Mais la question se pose à peine, puisqu'un seul restaurant offre des repas convenables aux clients de passage. Il est donc naturel qu'ils s'y retrouvent, surtout le soir, car ils doivent se mettre en route aussitôt après. 35

Il est naturel, également, que A... veuille profiter de l'oc-

[78] **personne** Pourquoi? Avons-nous assisté à un dîner tête-à-tête entre le mari et A...? Quelles étaient les circonstances?

[79] **visible** Est-ce que la scène est la même? Qu'est-ce qui nous indique la réponse?

casion présente pour se rendre en ville, qu'elle préfère cette
solution à celle du camion chargé de bananes, quasi impratic-
cable sur un aussi long parcours, qu'elle préfère, en outre, la
compagnie de Franck à celle d'un quelconque chauffeur indigène, si grandes que soient les qualités de mécanicien prêtées 5
par elle-même à ce dernier. Quant aux autres circonstances
qui lui permettent de faire la route dans des conditions acceptables, elles sont sans conteste assez peu fréquentes, excep-
tionnelles même, sinon inexistantes, à moins que des raisons
sérieuses ne viennent justifier de sa part une exigence caté- 10
gorique, ce qui dérange toujours plus ou moins la bonne
marche de la plantation.⁸⁰

Elle n'a rien demandé, pour cette fois, ni indiqué la nature
exacte des achats qui motivaient son déplacement. Il n'y avait
aucune raison spéciale à fournir, du moment qu'une voiture 15
amie se présentait qui la prendrait à domicile et l'y ramènerait
le soir même. Le plus étonnant, à la réflexion, est qu'un arrangement semblable ne se soit pas pas produit déjà, auparavant, un jour ou l'autre.

Franck mange sans parler depuis quelques minutes. C'est 20
A . . ., dont l'assiette est vide, la fourchette et le couteau posés
dessus côte à côte, qui reprend la conversation, demandant des
nouvelles de Christiane, que la fatigue (due à la chaleur,
croit-elle) a empêchée à plusieurs reprises de venir avec son
mari, ces derniers temps. 25

«Toujours la même chose, répond Franck. Je lui ai pro-
posé de descendre au port avec nous, pour se changer les
idées. Mais elle n'a pas voulu, à cause de l'enfant.

—Sans compter, dit A . . ., qu'il fait nettement plus chaud
sur la côte. 30

—Plus lourd, oui», acquiesce Franck.

Cinq ou six phrases sont alors échangées sur les doses
respectives de quinine nécessaires en bas et ici. Puis Franck
revient aux effets fâcheux que produit la quinine sur l'héroïne
du roman africain qu'ils sont en train de lire. La conversation 35
se trouve amenée ainsi aux péripéties centrales de l'histoire en
question.

De l'autre côté de la fenêtre fermée, dans la cour pous-

⁸⁰ **plantation** Est-ce qu'A . . . et son mari vont souvent en ville?

siéreuse dont l'empierrement inégal laisse affleurer des zones
de cailloux, la camionnette a son capot tourné vers la maison.
A ce détail près, elle stationne exactement à l'endroit prescrit :
c'est-à-dire qu'elle vient s'encadrer dans les vitres inférieure et
moyenne du battant droit, contre le montant interne, le petit 5
bois de la croisée découpant horizontalement sa silhouette en
deux masses d'importance égale.

Par la porte ouverte de l'office, A... pénètre dans la salle
à manger, se dirigeant vers la table servie. Elle a fait le tour
par la terrasse, afin de parler en passant au cuisinier, dont la 10
voix chantante et volubile a retenti, il n'y a qu'un instant.

A... s'est entièrement changée après avoir pris sa
douche.[81] Elle a mis la robe claire, de coupe très collante, que
Christiane estime ne pas convenir au climat tropical. Elle va
s'asseoir à sa place, le dos à la fenêtre, devant un couvert intact, 15
que le boy a rajouté pour elle. Elle déplie sa serviette sur ses
genoux et commence à se servir, en soulevant de la main
gauche le couvercle du plat encore chaud, entamé durant
son séjour dans la salle de bains, mais demeuré au milieu de
la table. 20

Elle dit :

«Ça m'a donné faim, la route.»

Elle s'enquiert ensuite des événements éventuels survenus
à la plantation pendant son absence. La formule qu'elle
emploie (ce qu'il y a «de neuf») est prononcée d'un ton léger, 25
dont l'animation ne simule aucune attention particulière. Il n'y
a d'ailleurs rien de neuf.

A... cependant semble avoir une envie de parler inusitée.
Elle a l'impression—dit-elle—qu'il devrait s'être passé beaucoup de choses pendant ce laps de temps, qui, de son propre 30
côté, s'est trouvé si bien rempli.

Sur la plantation aussi, ce temps a été bien employé ; mais
il ne s'est agi que de la suite prévisible des travaux en cours,
qui sont toujours identiques, à peu de chose près.

Elle-même, interrogée sur les nouvelles qu'elle rapporte, 35
se limite à quatre ou cinq informations connues déjà : la piste
est toujours en réparation sur une dizaine de kilomètres après
le premier village, le «Cap Saint-Jean» était amarré le long

du wharf en attendant son chargement, les travaux de la
nouvelle poste n'ont guère avancé depuis plus de trois mois,
le service de voirie municipal laisse toujours à désirer,
etc...

Elle se sert à nouveau. Il vaudrait mieux rentrer la camion- 5
nette sous le hangar, à l'ombre, puisque personne ne doit
l'utiliser au début de l'après-midi. Le verre grossier de la vitre
entame la carrosserie, à la base, derrière la roue avant, d'une
large échancrure arrondie. Bien au-dessous, isolé de la masse
principale par une zone de terre caillouteuse, un demi-disque 10
en tôle peinte est réfracté à plus de cinquante centimètres de
son emplacement réel. Ce morceau aberrant peut du reste se
déplacer à volonté, changer de forme en même temps que de
dimensions: il grandit de droite à gauche, s'amenuise dans le
sens inverse, devient croissant vers le bas, cercle complet 15
lorsqu'il prend de la hauteur, ou bien se frange (mais c'est là
une position de très faible étendue, presque instantanée) de
deux auréoles concentriques. Enfin, pour de plus grands écarts,
il se fond dans la surface mère, ou disparaît, d'une contraction
brusque.[82]   20

A... veut essayer encore quelques paroles. Elle ne décrit
pas néanmoins la chambre où elle a passé la nuit,[83] sujet peu
intéressant, dit-elle en détournant la tête: tout le monde connaît cet hôtel, son inconfort et ses moustiquaires rapiécées.

C'est à ce moment qu'elle aperçoit la scutigère,[84] sur la 25
cloison nue en face d'elle. D'une voix contenue, comme pour
ne pas effrayer la bête, elle dit:

«Un mille-pattes!»

Franck relève les yeux. Se réglant ensuite sur la direction
indiquée par ceux—devenus fixes—de sa compagne, il tourne 30
la tête de l'autre côté.

La bestiole est immobile au milieu du panneau, bien visible
sur la peinture claire malgré la douceur de l'éclairage. Franck,
qui n'a rien dit, regarde A... de nouveau. Puis il se met
debout, sans un bruit. A... ne bouge pas plus que la scuti- 35

[82] **brusque**   Où est fixé le regard du mari?
[83] **nuit**   Quelle question le mari a-t-il posée? Pourquoi?
[84] **scutigère**   Par quelle association passe-t-on du déjeuner en tête-à-
tête, après le retour d'A... à la scène du mille-pattes?

gère, tandis qu'il s'approche du mur, la serviette roulée en boule dans la main.

La main aux doigts effilés s'est crispée sur la nappe blanche.[85]

Franck écarte la serviette du mur et, avec son pied, achève 5 d'écraser quelque chose sur le carrelage, contre la plinthe. Et il revient s'asseoir à sa place, à droite de la lampe qui brille derrière lui, sur le buffet.

Quand il est passé devant la lampe, son ombre a balayé la surface de la table, qu'elle a recouverte un instant tout 10 entière. Le boy fait alors son entrée, par la porte ouverte; il se met à desservir en silence. A... lui demande, comme d'habitude, de servir le café sur la terrasse.

Elle et Franck, assis dans leurs deux fauteuils, y continuent de discuter, à bâtons rompus, du jour qui conviendrait le 15 mieux à ce petit voyage en ville qu'ils ont projeté depuis la veille.

Le sujet bientôt s'épuise. Son intérêt ne décline pas, mais ils ne trouvent plus aucun élément nouveau pour l'alimenter. Les phrases deviennent plus courtes et se contentent de répéter, 20 pour la plupart, des fragments de celles prononcées au cours de ces deux derniers jours, ou antérieurement encore.

Après d'ultimes monosyllabes, séparés par des noirs[86] de plus en plus longs et finissant par n'être plus intelligibles, ils se laissent gagner tout à fait par la nuit. 25

Formes vagues, signalées seulement par l'obscurité moins dense d'une robe ou d'une chemise pâles, ils sont assis tous les deux côte à côte, le buste incliné en arrière contre le dossier du fauteuil, les bras allongés sur les accoudoirs aux alentours desquels ils effectuent de temps à autre des déplacements in- 30 certains, de faible amplitude, à peine ébauchés que déjà revenus de leur écart, ou bien, peut-être, imaginaires.

Les criquets se sont tus, eux aussi.

On n'entend plus, çà et là, que le cri menu de quelque carnassier nocturne, le vrombissement subit d'un scarabée, le 35 choc d'une petite tasse en porcelaine que l'on repose sur la table basse.

[85] **blanche** Quelle transformation cette image a-t-elle subie?
[86] **des noirs** *blanks.*

Maintenant, c'est la voix du second chauffeur qui arrive jusqu'à cette partie centrale de la terrasse, venant du côté des hangars; elle chante un air indigène, aux paroles incomprehensibles, ou même sans paroles.

Les hangars sont situés de l'autre côté de la maison, à droite 5 de la grande cour. La voix doit ainsi contourner, sous le toit débordant, tout l'angle occupé par le bureau, ce qui l'affaiblit de façon notable, bien qu'une partie du son puisse traverser la pièce elle-même en passant par les jalousies (sur la façade sud et le pignon à l'est). 10

Mais c'est une voix qui porte bien. Elle est pleine et forte, quoique dans un registre assez bas. Elle est facile en outre, coulant avec souplesse d'une note à l'autre, puis s'arrêtant soudain.

A cause du caractère particulier de ce genre de mélodies, 15 il est difficile de déterminer si le chant s'est interrompu pour une raison fortuite—en relation, par exemple, avec le travail manuel que doit exécuter en même temps le chanteur—ou bien si l'air trouvait là sa fin naturelle.

De même, lorsqu'il recommence, c'est aussi subit, aussi 20 abrupt, sur des notes qui ne paraissent guère constituer un début, ni une reprise.[87]

A d'autres endroits, en revanche, quelque chose semble en train de se terminer; tout l'indique: une retombée progressive, le calme retrouvé, le sentiment que plus rien ne reste à 25 dire; mais après la note qui devait être la dernière en vient une suivante, sans la moindre solution de continuité, avec la même aisance, puis une autre, et d'autres à la suite, et l'auditeur se croit transporté en plein cœur du poème... quand, là, tout s'arrête, sans avoir prévenu. 30

A..., dans la chambre, rabaisse le visage sur la lettre qu'elle est en train d'écrire. La feuille de papier bleu pâle, devant elle, ne porte encore que quelques lignes; A... y rajoute trois ou quatre mots, assez vite, et demeure la plume en l'air. Au bout d'une minute elle relève la tête, tandis que le 35 chant reprend, du côté des hangars.

Sans doute est-ce toujours le même poème qui se continue.

[87] **reprise**   Voyez-vous quelque analogie entre la chanson et le roman?

Si parfois les thèmes s'estompent, c'est pour revenir un peu plus tard, affermis, à peu de chose près identiques. Cependant ces répétitions, ces infimes variantes, ces coupures, ces retours en arrière, peuvent donner lieu à des modifications—bien qu'à peine sensibles—entraînant à la longue fort loin du point de 5 départ.[88]

A . . ., pour mieux écouter, a tourné la tête vers la fenêtre ouverte, à côté d'elle. Dans le fond du vallon, des manœuvres sont en train de réparer le pont de rondins qui franchit la petite rivière. Ils ont enlevé le revêtement de terre sur un quart 10 environ de la largeur. Ils s'apprêtent à remplacer les bois envahis de termites par des troncs neufs, non écorcés, rectilignes, coupés d'avance à la bonne longueur, qui gisent en travers du chemin d'accès, juste avant le pont. Au lieu de les aligner en bon ordre, les porteurs les ont jetés là au hasard, 15 dans tous les sens.

Les deux premiers bois se sont placés parallèlement l'un à l'autre (et à la rive), l'espace entre eux équivalant au double environ de leur diamètre commun. Un troisième les coupe en biais vers le tiers de leur longueur. Le suivant, perpendiculaire 20 à celui-ci, bute contre son extrémité; il rejoint presque, à l'autre bout, le dernier qui forme avec lui un V très lâche, dont la pointe bâille largement. Mais ce cinquième rondin est encore parallèle aux deux premiers, ainsi qu'à la direction du ruisseau sur lequel est bâti le petit pont. 25

Combien de temps s'est-il écoulé depuis la dernière fois qu'il a fallu en réparer le tablier? Les bois, traités en principe contre l'action des termites, avaient dû subir une préparation défectueuse. Tôt ou tard, il est vrai, ces troncs recouverts de terre, soumis périodiquement aux petites crues du cours d'eau, 30 sont destinés à être la proie des insectes. Il n'est possible de protéger efficacement, pour une longue durée, que des constructions aériennes bien isolées du sol, comme c'est le cas, par exemple, pour la maison.

A . . ., dans la chambre, a continué sa lettre, de son écriture 35 fine, serrée, régulière. La page est maintenant à moitié pleine. Mais la tête aux souples boucles noires se redresse lentement et

[88] départ Qu'est-ce que cette phrase suggère, par analogie, pour le roman!

commence à pivoter, lentement mais sans à-coup, vers la fenêtre ouverte.[89]

Les ouvriers du pont sont au nombre de cinq, comme les troncs de rechange. Ils sont en ce moment tous accroupis dans la même position: les avant-bras appuyés sur les cuisses, les 5 deux mains pendant entre les genoux écartés. Ils sont disposés face à face, deux sur la rive droite, trois sur la rive gauche. Ils discutent sans doute de la façon dont ils vont s'y prendre pour accomplir l'opération, ou bien se reposent un peu avant l'effort, fatigués d'avoir porté les troncs jusque-là. Ils sont en 10 tout cas parfaitement immobiles.

Dans la bananeraie, derrière eux, une pièce en forme de trapèze s'étend vers l'amont, dans laquelle, aucun régime n'ayant encore été récolté depuis la plantation des souches, la régularité des quinconces est encore absolue. 15

Les cinq hommes, de part et d'autre du petit pont, sont aussi rangés de façon symétrique: sur deux lignes parallèles, les intervalles étant égaux dans l'un et l'autre groupe, et les deux personnages de la rive droite—dont seul le dos est visible—se plaçant sur les médiatrices des segments déterminés par leurs 20 trois compagnons de la rive gauche, qui eux regardent vers la maison, où A... se dresse derrière l'embrasure béante de la fenêtre.

Elle est debout. Elle tient à la main une feuille d'un bleu très pâle, du format ordinaire des papiers à lettres, qui porte 25 la trace bien marquée d'un pliage en quatre. Mais le bras est à demi détendu et la feuille de papier n'arrive qu'à la hauteur de la taille; le regard, qui passe bien au-dessus, erre sur la ligne d'horizon, tout en haut du versant opposé. A... écoute le chant indigène, lointain mais net encore, qui parvient jusqu'à 30 la terrasse.

De l'autre côté de la porte du couloir, sous la fenêtre symétrique, une de celles du bureau, Franck est assis dans son fauteuil.

A..., qui est allée chercher elle-mêmes les boissons, dépose 35 le plateau chargé sur la table basse. Elle débouche le cognac et en verse dans les trois verres alignés. Elle les emplit ensuite avec l'eau gazeuse. Ayant distribué les deux premiers, elle va

[89] ouverte A... sait-elle qu'elle est observée?

s'asseoir à son tour dans le fauteuil vide, tenant le troisième en main.

C'est alors[90] qu'elle demande si les habituels cubes de glace seront nécessaires, prétextant que ces bouteilles sortent du réfrigérateur, une seule des deux pourtant s'étant couverte de 5 buée au contact de l'air.

Elle appelle le boy. Personne ne répond.

«Un de nous ferait mieux d'y aller», dit-elle.

Mais ni elle ni Franck ne bouge de son siège.

Dans l'office, le boy est en train déjà d'extraire les cubes 10 de glace de leurs cases, selon les instructions reçues de sa maîtresse, assure-t-il. Et il ajoute qu'il va les apporter tout de suite, au lieu de préciser le moment où cet ordre lui a été donné.

Sur la terrasse, Franck et A... sont demeurés dans leurs 15 fauteuils. Elle ne s'est pas pressée de servir la glace: elle n'a pas encore touché au seau de métal poli que le boy vient de déposer près d'elle et dont une buée légère ternit déjà l'éclat.

Comme sa voisine, Franck regarde droit devant soi, vers la ligne d'horizon, tout en haut du versant opposé. Une feuille 20 de papier d'un bleu très pâle, pliée plusieurs fois sur elle-même—en huit probablement—déborde à présent hors de la pochette droite de sa chemise. La poche gauche est encore soigneusement boutonnée, tandis que la patte de l'autre est maintenue relevée par la lettre, qui dépasse d'un bon centi- 25 mètre le bord de toile kaki.

A... voit le papier bleu pâle qui attire les regards. Elle entreprend de donner des explications au sujet d'un malentendu survenu entre elle et le boy à propos de la glace. Lui aurait-elle donc dit de ne pas l'apporter? C'est la première fois, 30 de toute manière, qu'elle ne se serait pas fait comprendre par un de ses domestiques.[91]

«Il faut un commencement à tout», répond-elle avec un sourire tranquille. Ses yeux verts, qui ne cillent jamais,[92] reflètent seulement la découpure d'une silhouette sur le ciel. 35

---

[90] **alors** A quelles scènes cet «alors» nous renvoie-t-il? La scène qui suit est-elle modifiée? Comment?

[91] **domestiques** Qui fait cette réflexion?

[92] **jamais** Est-ce possible que des yeux en réalité ne «cillent jamais»? Qu'est-ce que cette notation suggère?

Tout en bas, dans le fond de la vallée, la disposition des personnages n'est plus la même, de part et d'autre du pont en rondins. Il ne reste qu'un seul des ouvriers sur la rive droite, les quatre autres étant alignés en face de lui. Mais leur posture, à aucun d'eux, n'a changé. Derrière l'isolé, un des bois neufs 5 a disparu : celui qui en chevauchait deux autres. Un tronc à l'écorce terreuse, en revanche, a fait son apparition sur la rive gauche, nettement en arrière des quatre ouvriers qui regardent vers la maison.

Franck se lève de son fauteuil, avec une vigueur soudaine, 10 et pose sur la table basse le verre qu'il vient de finir d'un trait.[93] Il n'y a plus trace du cube de glace dans le fond. Franck s'est avancé, d'un pas raide, jusqu'à la porte du couloir. Il s'y arrête. La tête et le buste pivotent en direction de A..., restée assise. 15

«Excusez-moi, encore, d'être un si mauvais mécanicien.»

Mais A... n'a pas le visage tourné de ce côté-là, et le rictus[94] qui accompagnait les paroles de Franck est demeuré très à l'écart de son champ visuel, rictus absorbé tout aussitôt 20 d'ailleurs, en même temps que le complet blanc à l'éclat terni, par la pénombre du couloir.

Au fond du verre qu'il a déposé sur la table en partant, achève de fondre un petit morceau de glace, arrondi d'un côté, présentant de l'autre une arête en biseau.[95] Un peu plus loin 25 se succèdent la bouteille d'eau gazeuse le cognac, puis le pont qui franchit la petite rivière, où les cinq hommes accroupis sont maintenant disposés de la façon suivante : un sur la rive droite, deux sur la rive gauche, deux autres sur le tablier lui-même, près de son bord aval ; tous sont orientés vers le même 30 point central qu'ils paraissent considérer avec la plus grande attention.

Il ne reste plus que deux bois neufs à placer.

Puis Franck et son hôtesse sont assis dans les deux mêmes fauteuils, mais ils ont échangé leurs places : A... est dans le 35 fauteuil de Franck et vice-versa. C'est donc Franck qui se

[93] **trait** De quelle séquence d'images s'agit-il maintenant?
[94] **rictus** La grimace, notée auparavant, devient «rictus». Qu'est-ce que cela nous fait comprendre?
[95] **biseau** Est-ce le même verre que tout à l'heure?

trouve à proximité de la table basse où sont le seau à glace et les bouteilles.

Elle appelle le boy.

Il apparaît aussitôt sur la terrasse, à l'angle de la maison.

Il se dirige d'une allure mécanique vers la petite table, s'em- 5 pare de celle-ci et, la soulevant du sol sans rien renverser de ce qu'elle supporte, dépose le tout un peu plus loin, à proximité de sa maîtresse. Il continue ensuite son chemin, sans dire un mot, dans le même sens, du même pas d'automate, vers l'autre angle de la maison et la branche est de la terrasse, où il dis- 10 paraît.

Franck et A..., toujours muets et immobiles au fond de leurs fauteuils, continuent de fixer l'horizon.

Franck raconte son histoire de voiture en panne, riant et faisant des gestes avec une énergie et un entrain démesurés. Il 15 saisit son verre, sur la table à côté de lui, et le vide d'un trait, comme s'il n'avait pas besoin de déglutir pour avaler le liquide : tout a coulé d'un seul coup dans sa gorge. Il repose le verre sur la table, entre son assiette et le dessous-de-plat. Il se remet immédiatement à manger.[96] Son appétit considérable 20 est rendu plus spectaculaire encore par les mouvements nombreux et très accusés qu'il met en jeu : la main droite qui saisit à tour de rôle le couteau, la fourchette et le pain, la fourchette qui passe alternativement de la main droite à la main gauche, le couteau qui découpe les bouchées de viande une à une et qui 25 regagne la table après chaque intervention, pour laisser la scène au jeu de la fourchette changeant de main, les allées et venues de la fourchette entre l'assiette et la bouche, les déformations rythmées de tous les muscles du visage pendant une mastication consciencieuse, qui, avant même d'être 30 terminée, s'accompagne déjà d'une reprise accélérée de l'ensemble :

La main droite saisit le pain et le porte à la bouche, la main droite repose le pain sur la nappe blanche et saisit le couteau, la main gauche saisit la fourchette, la fourchette 35 pique la viande, le couteau coupe un morceau de viande, la main droite pose le couteau sur la nappe, la main gauche met la fourchette dans la main droite, qui pique le morceau de

[96] **manger** Toute la séquence d'images qui suit s'accélère de plus en plus, comme un film indûment accéléré. Quel effet cela fait-il ?

viande, qui s'approche de la bouche, qui se met à mastiquer avec des mouvements de contraction et d'extension qui se répercutent dans tout le visage, jusqu'aux pommettes, aux yeux, aux oreilles, tandis que la main droite reprend la fourchette pour la passer dans la main gauche, puis saisit le pain, 5 puis le couteau, puis la fourchette . . .

Le boy fait son entrée, par la porte ouverte de l'office. Il s'approche de la table. Son pas est de plus en plus saccadé; ses gestes de même, lorsqu'il enlève les assiettes, une à une, pour les poser sur le buffet, et les remplacer par des assiettes 10 propres. Il sort aussitôt après, remuant bras et jambes en cadence, comme une mécanique au réglage grossier.

C'est à ce moment que se produit la scène de l'écrasement du mille-pattes sur le mur nu: Franck qui se dresse, prend sa serviette, s'approche du mur, écrase le mille-pattes sur le mur, 15 écarte la serviette, écrase le mille-pattes sur le sol.

La main aux phalanges effilées s'est crispée sur la toile blanche.[97] Les cinq doigts écartés se sont refermés sur eux-mêmes, en appuyant avec tant de force qu'ils ont entraîné la toile avec eux. Celle-ci demeure plissée des cinq faisceaux de 20 sillons convergents, beaucoup plus longs, auxquels les doigts ont fait place.

Seule la première phalange en est encore visible. A l'annulaire brille une bague, un mince ruban d'or qui fait à peine saillie sur les chairs. Tout autour de la main se déploie le rayon- 25 nement des plis,[98] de plus en plus lâches à mesure qu'ils s'éloignent du centre, de plus en plus aplatis, mais aussi de plus en plus étendus, devenant à la fin une surface blanche uniforme, où vient à son tour se poser la main de Franck, brune, robuste, ornée d'un anneau d'or large et plat, d'un 30 modèle analogue.

Juste à côté, la lame du couteau a laissé sur la nappe une petite tache sombre, allongée, sinueuse, entourée de signes plus ténus. La main brune, après avoir erré un instant aux alen-tours, remonte soudain jusqu'à la pochette de la chemise, où 35 elle tente à nouveau, d'un mouvement machinal, de faire

[97] **blanche** L'image se transforme. Comment?
[98] **plis** Les plis de la moustiquaire. Pourquoi? Qu'est-ce qui tente l'imagination du mari?

entrer plus à fond la lettre bleu pâle, pliée en huit, qui dépasse d'un bon centimètre.

La chemise est en étoffe raide, un coton sergé dont la couleur kaki[99] a passé légèrement par suite des nombreux lavages. Sous le bord supérieur de la poche court une première 5 piqûre horizontale, doublée par une seconde en forme d'accolade dont la pointe se dirige vers le bas. A l'extrémité de cette pointe est cousu le bouton destiné à clore la poche en temps normal. C'est un bouton en matière plastique jaunâtre; le fil qui le fixe dessine en son centre une petite croix. La lettre, 10 au-dessus, est couverte d'une écriture fine et serrée, perpendiculaire au bord de la poche.

A droite, viennent, dans l'ordre, la manche courte de la chemise kaki, la cruche indigène ventrue, en terre cuite, qui marque le milieu du buffet, puis, posées au bout de celui-ci, les 15 deux lampes à gaz d'essence, éteintes, rangées côte à côte contre le mur; plus à droite encore l'angle de la pièce, suivi de près par le battant ouvert de la première fenêtre.

Et la voiture de Franck entre en scène, amenée dans la vitre[100] avec naturel par la conversation. C'est une grosse con- 20 duite-intérieure bleue, de fabrication américaine, dont la carrosserie—quoique poussiéreuse—semble neuve. Le moteur également est en très bon état: jamais il ne cause d'ennuis à son propriétaire.

Ce dernier n'a pas quitté le volant. Seule sa passagère est 25 descendue sur le sol caillouteux de la cour.[101] Elle porte des chaussures fines à très hauts talons et doit prendre garde à ne poser les pieds qu'aux endroits les moins inégaux. Mais elle n'est pas du tout gênée par cet exercice, dont elle n'a même pas remarqué la difficulté, dirait-on. Elle s'est immobilisée 30 contre la portière avant et se penche vers les coussins de molesquine grise, par-dessus la vitre baissée au maximum.

La robe blanche à large jupe disparaît presque jusqu'à la taille. La tête, les bras et le haut du buste, qui s'engagent dans l'ouverture, empêchent en même temps de voir ce qui se passe 35

[99] **kaki** De quel incident déjà décrit s'agit-il?
[100] **vitre** De quelle vitre s'agit-il? La vitre véritable ou celle imaginée par le mari?
[101] **cour** Séquence d'images annoncées au retour de A...

à l'intérieur. A... sans doute est en train de rassembler les emplettes qu'elle vient de faire, pour les emporter avec soi. Mais le coude gauche reparaît, suivi bientôt par l'avant-bras, le poignet, la main, qui se retient au bord du cadre.

Après un nouveau temps d'arrêt, les épaules émergent à 5 leur tour en pleine lumière, puis le cou, et la tête avec sa lourde chevelure noire dont la coiffure trop mouvante est un peu défaite, la main droite enfin qui tient seulement, par sa ficelle, un très petit paquet vert de forme cubique.

Laissant imprimée dans la poussière, sur l'émail du mon- 10 tant, l'empreinte de quatre doigts parallèles, la main gauche s'empresse d'arranger l'ordonnance des cheveux, tandis que A... s'écarte de la voiture bleue et, après un dernier regard en arrière, se dirige de son pas décidé vers la porte de la maison. La surface raboteuse de la cour a l'air de s'être aplanie devant 15 elle, car A... ne jette même pas un coup d'œil à ses pieds.

Ensuite elle se dresse contre le battant de la porte d'entrée qu'elle a refermé derrière soi. Depuis ce point elle aperçoit toute la maison en enfilade: la pièce principale (salon sur la gauche et salle à manger sur la droite, où le couvert est déjà 20 mis pour le dîner), le couloir central (sur lequel donnent les cinq portes latérales, toutes closes, trois à droite et deux à gauche), la terrasse et, au delà de sa balustrade à jours, le versant opposé du vallon.

A partir de la crête la pente se divise en trois, dans le sens 25 de la hauteur: une bande irrégulière de brousse inculte et deux parcelles plantées, d'âges différents. La brousse est de couleur roussâtre, semée de place en place par des arbustes verts. Un bouquet d'arbres plus important marque le point le plus élevé atteint par la culture dans ce secteur; il occupe l'angle d'une 30 pièce rectangulaire, oblique par rapport aux courbes de niveau, où le sol nu se distingue encore par endroit entre les jeunes panaches de feuilles. Plus bas, la seconde parcelle, qui a la forme d'un trapèze, est en cours de récolte: les disques blancs larges comme des assiettes, laissés au ras du sol par les troncs 35 abattus, sont en nombre à peu près égal à celui des bananiers adultes encore debout.

La limite aval de ce trapèze est soulignée par la présence du chemin d'accès qui aboutit au petit pont sur le ruisseau. Les cinq hommes y sont maintenant ordonnés en quinconce, deux 40 sur chaque berge et un au milieu, accroupi, tourné vers l'amont regardant l'eau boueuse qui arrive dans sa direction entre deux parois de terre verticales, plus ou moins effondrées çà et là.

Sur la rive droite il reste toujours deux troncs neufs à placer. Ils forment entre eux une sorte de V très lâche à pointe 5 ouverte, en travers du chemin qui remonte vers le jardin et la maison.

A... y rentre à l'instant. Elle était allée faire une visite à Christiane, empêchée elle-même de sortir depuis plusieurs jours par la mauvaise santé de l'enfant, aussi délicat que sa mère, 10 également inadapté à la vie coloniale. A..., que Franck a reconduite en voiture jusqu'à sa porte, traverse la salle de séjour et longe le couloir pour atteindre la chambre qui donne sur la terrasse.

Les fenêtres en sont restées grandes ouvertes toute la 15 matinée. A... s'approche de la première et en clôt le battant droit; tandis que la main posée sur le gauche interrompt son geste. Le visage se tend de profil dans la demi-embrasure, le cou dressé, l'oreille à l'écoute.

La voix grave du second chauffeur arrive jusqu'à elle. 20

L'homme chante un air indigène, une très longue phrase sans paroles qui semble ne devoir jamais finir, bien qu'elle s'arrête tout à coup, sans raison plausible. A..., terminant son geste, pousse le second battant.

Elle ferme ensuite les deux autres fenêtres. Mais elle ne 25 baisse aucune des jalousies.

Elle s'assied devant la table-coiffeuse et se contemple dans le miroir ovale, immobile, les coudes posés sur le marbre et les deux mains appliquées de chaque côté du visage, contre les tempes. Pas un de ses traits ne bouge, ni les paupières aux longs 30 cils, ni même les prunelles, au centre de l'iris vert. Ainsi figée par son propre regard, attentive et sereine, elle paraît ne pas sentir le temps passer.

Penchée sur le côté, le peigne d'écaille à la main, elle refait sa coiffure avant de venir à table. Une partie des lourdes 35 boucles noires pend sur la nuque. La main libre y plonge ses doigts effilés.

A... est allongée sur le lit, tout habillée.[102] Une de ses

[102] **habillée** Nouvelle séquence d'images, rapides et diverses, comme des photos, évoquant A

jambes repose sur la couverture de satin; l'autre, fléchie au genou, pend à demi sur le bord. Le bras, de ce côté, se replie vers la tête, qui creuse le traversin. Etendu en travers du lit très large, l'autre bras s'écarte du corps d'environ quarante-cinq degrés. La figure est tournée vers le plafond. Les yeux 5 sont encore agrandis par la pénombre.

Près du lit, contre la même cloison, se trouve la grosse commode. A... est debout, devant le tiroir supérieur entrouvert, sur lequel elle s'incline pour chercher quelque chose, ou bien pour en ranger le contenu. L'opération est longue et ne néces- 10 site aucun déplacement du corps.

Elle est assise dans le fauteuil, entre la porte du couloir et la table à écrire. Elle relit une lettre qui conserve les sillons très apparents d'un pliage en huit. Les longues jambes sont croisées l'une sur l'autre. La main droite tient la feuille en l'air 15 devant le visage; la gauche enserre l'extrémité de l'accoudoir.

A... est en train d'écrire, assise à la table près de la première fenêtre. Elle s'apprête à écrire, plutôt, à moins qu'elle ne vienne de terminer sa lettre. La plume est demeurée suspendue à quelques centimètres au-dessus du papier. Le 20 visage est relevé en direction du calendrier fixé au mur.

Entre cette première fenêtre et la seconde, il y a juste la place pour la grande armoire. A..., qui se tient tout contre, n'est donc visible que de la troisième fenêtre, celle qui donne sur le pignon ouest. C'est une armoire à glace. A... met toute 25 son attention à s'y regarder le visage de très près.

Elle s'est maintenant réfugiée, encore plus sur la droite, dans l'angle de la pièce, qui constitue aussi l'angle sud-ouest de la maison. Il serait facile de l'observer par l'une des deux portes, celle du couloir central ou celle de la salle de bains; 30 mais les portes sont en bois plein, sans système de jalousies qui laisse voir au travers. Quant aux jalousies des trois fenêtres, aucune d'elles ne permet plus maintenant de rien apercevoir.

Maintenant la maison est vide.[103]

A... est descendue en ville avec Franck, pour faire quel- 35 ques achats urgents. Elle n'a pas précisé lesquels.

Ils sont partis de très bonne heure, afin de disposer du

[103] **vide** Voici l'incident majeur du livre.

temps nécessaire pour leurs courses et de pouvoir cependant revenir le soir même à la plantation.

Ayant quitté la maison à six heures et demie du matin, ils comptent être de retour peu après minuit, ce qui représente dix-huit heures d'absence, dont huit heures de route au mini- 5 mum, si tout marche bien.

Mais des retards sont toujours à redouter avec ces mauvaises pistes. Même s'ils se mettent en route à l'heure prévue, aussitôt après un dîner rapide, les voyageurs peuvent très bien n'être rentrés que vers une heure du matin, ou même sensible- 10 ment plus tard.

En attendant, la maison est vide. Toutes les fenêtres de la chambre sont ouvertes, ainsi que ses deux portes, sur le couloir et la salle de bains. Entre la salle de bains et le couloir, la porte est aussi ouverte en grand, comme celle donnant accès depuis 15 le couloir sur la partie centrale de la terrasse.

La terrasse est vide également; aucun des fauteuils de repos n'a été porté dehors ce matin, non plus que la table basse qui sert pour l'apéritif et le café. Mais, sous la fenêtre ouverte du bureau, les dalles gardent la trace des huit pieds de 20 fauteuils[104] : deux fois quatre points luisants, plus lisses qu'alentour, disposés en carrés. Les deux coins gauches du carré droit sont à dix centimètres à peine des deux coins droits du carré gauche.

Ces points brillants ne sont nettement visibles que depuis 25 la balustrade. Ils s'estompent quand l'observateur veut s'approcher. A la verticale, par la fenêtre qui se trouve juste au-dessus,[105] il devient même impossible de situer leur emplacement.

Le mobilier de cette pièce est très simple, des classeurs et 30 rayonnages contre les parois, deux chaises, le massif bureau à tiroirs. Sur le coin de celui-ci se dresse un petit cadre incrusté de nacre, contenant une photographie prise au bord de la mer, en Europe. A . . . est assise à la terrasse d'un grand café. Sa chaise est placée de biais par rapport à la table où 35 elle s'apprête à reposer son verre.

La table est un disque de métal percé de trous innombrables, dont les plus gros dessinent une rosace compliquée :

[104] **fauteuils** Combien de fauteuils y a-t-il?
[105] **au-dessus** Quelle fenêtre? Où est le mari?

des S partant tous du centre, comme les rayons deux fois
cintrés d'une roue, et s'enroulant chacun sur soi-même en
spirale à l'autre bout, sur la périphérie du disque.

Le pied qui le supporte est constitué par une triple tige
grêle dont les branches s'écartent pour converger ensuite à 5
nouveau, par un changement de la concavité, et s'enroulent
à leur tour (dans les trois plans verticaux passant par l'axe du
système) en trois volutes semblables, qui reposent sur le sol
par leur spire inférieure et sont accolées ensemble au moyen
d'un anneau, un peu plus haut sur cette même courbe.   10

La chaise est construite, de même, avec des plaques per-
forées et des tiges de métal. Il est plus difficile d'en suivre les
circonvolutions, à cause de la personne assise dessus, qui les
masque en grande partie.

Posée sur la table à proximité d'un second verre, près du 15
bord droit de l'image, une main d'homme se raccorde seulement au poignet d'une manche de veste, qu'interrompt aussitôt la marge blanche verticale.[106]

Tous les autres fragments de chaises, discernables sur la
photographie, paraissent appartenir à des sièges inoccupés. Il 20
n'y a personne sur cette terrasse, comme dans tout le reste de
la maison.

Dans la salle à manger, un seul couvert a été disposé sur
la table, pour le déjeuner, du côté qui fait face à la porte de
l'office et au buffet, long et bas, qui va de cette porte à la 25
fenêtre.

La fenêtre est fermée. La cour est vide. Le second chauffeur a dû mettre la camionnette près des hangars, pour la
laver. Seule demeure, à la place qu'elle occupe d'ordinaire,
une large tache noire contrastant avec la surface poussiéreuse 30
de la cour.[107] C'est un peu d'huile qui, goutte à goutte, a
coulé du moteur, toujours au même endroit.

Il est aisée de faire disparaître cette tache, grâce aux
défauts du verre très grossier qui garnit la fenêtre: il suffit
d'amener, par tâtonnements successifs, la surface noircie en un 35
point aveugle du carreau.[108]

La tache commence par s'élargir, un des côtés se gonflant

---

[106] **verticale**   Le bord de la photo.
[107] **cour**   La tache devient un motif obsédant.
[108] **un point . . . carreau**   *A blind spot in the window pane.*

pour former une protubérance arrondie, plus grosse à elle seule que l'objet initial. Mais, quelques millimètres plus loin, ce ventre est transformé en une série de minces croissants concentriques, qui s'amenuisent pour n'être plus que des lignes, tandis que l'autre bord de la tache se rétracte en lais- 5 sant derrière soi un appendice pédonculé. Celui-ci grossit à son tour, un instant; puis tout s'efface d'un seul coup.

Il n'y a plus, derrière la vitre, dans l'angle déterminé par le montant central et le petit bois, que la couleur beige-grisâtre de l'empierrement poussiéreux qui constitue le sol de 10 la cour.

Sur le mur d'en face, le mille-pattes est là, à son emplacement marqué, au beau milieu du panneau.[109]

Il s'est arrêté, petit trait oblique long de dix centimètres, juste à la hauteur du regard, à mi-chemin entre l'arête de la 15 plinthe (au seuil du couloir) et le coin du plafond. La bête est immobile. Seules ses antennes se couchent l'une après l'autre et se relèvent, dans un mouvement alterné, lent mais continu.

A son extrémité postérieure, le développement considérable 20 des pattes—de la dernière paire, surtout, qui dépasse en longueur les antennes—fait reconnaître sans ambiguïté la scutigère, dite «mille-pattes-araignée», ou encore «mille-pattes-minute» à cause d'une croyance indigène concernant la rapidité d'action de sa piqûre, prétendue mortelle. Cette 25 espèce est en réalité peu venimeuse; elle l'est beaucoup moins, en tout cas, que de nombreuses scolopendres fréquentes dans la région.

Soudain la partie antérieure du corps se met en marche, exécutant une rotation sur place, qui incurve le trait sombre 30 vers le bas du mur. Et aussitôt, sans avoir le temps d'aller plus loin, la bestiole choit sur le carrelage, se tordant encore à demi et crispant par degrés ses longues pattes, tandis que les mâchoires s'ouvrent et se ferment à toute vitesse autour de la bouche, à vide, dans un tremblement réflexe. 35

Dix secondes plus tard, tout cela n'est plus qu'une bouillie rousse, où se mêlent des débris d'articles, méconnaissables.

Mais sur le mur nu, au contraire, l'image de la scutigère écrasée se distingue parfaitement, inachevée mais sans bavure,

[109] panneau Le motif de la tache ramène la séquence du mille-pattes.

reproduite avec la fidélité d'une planche anatomique où ne seraient figurés qu'une partie des éléments: une antenne, deux mandibules recourbées, la tête et le premier anneau, la moitié du second, quelques pattes de grande taille, etc . . .

Le dessin semble indélébile. Il ne conserve aucun relief, 5 aucune épaisseur de souillure séchée qui se détacherait sous l'ongle. Il se présente plutôt comme une encre brune imprégnant la couche superficielle de l'enduit.

Un lavage du mur, d'autre part,[110] n'est guère praticable. Cette peinture mate ne le supporterait sans doute pas, car elle 10 est beaucoup plus fragile que la peinture vernie ordinaire, à l'huile de lin, qui existait auparavant dans la pièce. La meilleure solution consiste donc à employer la gomme, une gomme très dure à grain fin qui userait peu à peu la surface salie, la gomme pour machine à écrire, par exemple, qui se trouve 15 dans le tiroir supérieur gauche du bureau.[111]

Le tracé grêle des fragments de pattes ou d'antennes s'en va tout de suite, dès les premiers coups de gomme. La plus grande partie du corps, assez pâle déjà, courbée en un point d'interrogation devenant de plus en plus flou vers l'extrémité 20 de la crosse, ne tarde guère à s'effacer aussi, totalement. Mais la tête et les premiers anneaux nécessitent un travail plus poussé: après avoir perdu très vite sa couleur, la forme qui persiste reste ensuite stationnaire durant un temps assez long. Les contours en sont seulement devenus un peu moins nets. 25 La gomme dure qui passe et repasse au même point n'y change plus grand'chose, maintenant.[112]

Une opération complémentaire s'impose: gratter, très légèrement, avec le coin d'une lame de rasoir mécanique.[113] Des poussières blanches se détachent de la paroi. La précision 30 de l'outil permet de limiter au plus juste la région soumise à

[110] **d'autre part** Discours intérieur. Le mari cherche les moyens d'effacer la tache.

[111] **bureau** La gomme qui efface la tache suggère toute une série d'analogies avec la mémoire et le passé qu'on s'efforce d'effacer. Le premier roman de Robbe-Grillet était intitulé *Les Gommes*. La crise de jalousie du mari semble se calmer.

[112] **maintenant** Voyez-vous quelque analogie entre cette description et le thème de la jalousie?

[113] **rasoir mécanique** Est-ce la première fois que cet objet apparaît?

son attaque. Un nouveau ponçage à la gomme termine ensuite l'ouvrage avec facilité.

La trace suspecte a disparu complètement. Il ne subsiste à sa place qu'une zone plus claire, aux bords estompés, sans dépression sensible, qui peut passer pour un défaut insignifiant 5 de la surface, à la rigueur.

Le papier[114] se trouve aminci néanmoins; il est devenu plus translucide, inégal, un peu pelucheux. La même lame de rasoir, arquée entre deux doigts pour présenter le milieu de son tranchant, sert encore à couper au ras les barbes soulevées par 10 la gomme. Le plat d'un ongle enfin lisse les dernières aspérités.

En pleine lumière, une inspection plus attentive de la feuille bleu pâle révèle que deux courtes fractions de jambages ont résisté à tout, correspondant sans doute à des pleins trop appuyés de l'écriture. Tant qu'un nouveau mot, adroitement 15 disposé de manière à recouvrir ces deux traits inutiles, n'aura pas remplacé l'ancien sur la page, les vestiges d'encre noire continueront d'y être visibles. A moins que la gomme n'entre en jeu derechef.

Elle se détache à présent sur le bois brun foncé du bureau, 20 ainsi que la lame de rasoir, au pied du cadre incrusté de nacre où A ... s'apprête à reposer son verre sur la table ronde aux perforations multiples. La gomme est un mince disque rose dont la partie centrale est occupée par une rondelle en fer blanc. La lame de rasoir est un rectangle poli sans épaisseur, 25 arrondi sur ses deux petits côtés et percé de trois trous en ligne. Le trou médian est circulaire; les deux autres, de chaque côté, reproduisent exactement—à une échelle très réduite—la forme générale de la lame, c'est-à-dire un rectangle aux petits côtés arrondis.[115] 30

Au lieu de regarder le verre qu'elle s'apprête à poser, A ..., dont la chaise est placée de biais par rapport à la table, se tourne dans la direction opposée pour sourire au photographe, comme afin de l'encourager à prendre ce cliché impromptu.

L'opérateur n'a pas baissé son appareil pour le mettre au 35 niveau du modèle. Il a même l'air d'être monté sur quelque

[114] **papier** De quel papier s'agit-il? Pourquoi le mari associe-t-il le papier et la tache? Qu'est-ce qu'il examine?
[115] **arrondis** Dans quelle pièce est le mari? Quels objets regarde-t-il sur son bureau? Pourquoi ces objets-là?

chose: banc de pierre, marche, ou muretin. A... doit lever le visage pour l'offrir à l'objectif. Le cou svelte est dressé, vers la droite. De ce côté, la main prend appui avec naturel sur l'extrême bord du siège, contre la cuisse; le bras nu est légèrement fléchi au coude. Les genoux sont disjoints, les jambes à 5 demi étendues, les chevilles croisées.

La taille très fine est serrée par une large ceinture à triple agrafe. Le bras gauche, allongé, tient le verre à vingt centimètres au-dessus de la table ajourée.

L'opulente chevelure noire est libre sur les épaules. Le flot 10 des lourdes boucles aux reflets roux frémit aux moindres impulsions que lui communique la tête.[116] Celle-ci doit être agitée de menus mouvements, imperceptibles en eux-mêmes, mais amplifiés par la masse des cheveux qu'ils parcourent d'une épaule à l'autre, créant des remous luisants, vite amortis, 15 dont l'intensité soudain se ranime en convulsions inattendues, un peu plus bas... plus bas encore... et un dernier spasme beaucoup plus bas.

Le visage, caché par la position qu'elle occupe, est penché sur la table où les mains, invisibles, se livrent à quelque travail 20 minutieux et long:[117] remaillage d'un bas très fin, polissage des ongles, dessin au crayon d'une taille réduite, gommage d'une tache ou d'un mot mal choisi. De temps à autre elle redresse le buste et prend du recul pour mieux juger de son ouvrage. D'un geste lent, elle rejette en arrière une mèche, plus courte, 25 qui s'est détachée de cette coiffure trop instable, et la gêne.

Mais la mèche rebelle demeure sur la soie blanche, tendue par la chair de l'épaule, où elle trace une ligne onduleuse terminée par un crochet. Au-dessous de la chevelure mouvante, la taille très fine est coupée verticalement, dans l'axe du dos, 30 par l'étroite fermeture métallique de la robe.

A... est debout sur la terrasse, au coin de la maison, près du pilier carré qui soutient l'angle sud-ouest du toit. Elle s'appuie des deux mains à la balustrade, face au midi, dominant le jardin et toute la vallée. 35

Elle est en plein soleil. Les rayons la frappent rigoureuse-

---

[116] **tête** S'agit-il toujours de la photographie? Quelle association entre en jeu ici?

[117] **long** De quelle image s'agit-il maintenant?

ment de front. Mais elle ne les craint pas, même à l'heure de midi. Son ombre raccourcie se projette, perpendiculaire, sur le dallage dont elle n'occupe, en longueur, pas plus d'un carreau. Deux centimètres en arrière commence l'ombre du toit, parallèle à la balustrade. Le soleil est presque au zénith. 5

Les deux bras tendus s'écartent d'une distance égale de part et d'autre des deux hanches. Les mains tiennent toutes les deux la barre de bois d'une façon identique. Comme A...
fait porter l'exacte moitié de son poids sur chacun des hauts talons de ses chaussures, la symétrie de tout son corps est 10 parfaite.

A... se tient debout contre une des fenêtres closes du salon, juste en face du chemin qui descend depuis la grand-route. A travers la vitre, elle regarde droit devant soi, vers l'entrée du chemin, par-dessus la cour poussiéreuse, dont l'ombre de 15 la maison obscurcit une bande large d'environ trois mètres. Le reste de la cour est blanc de soleil.

La grande pièce, en comparaison, paraît sombre. La robe s'y teinte du bleu froid des profondeurs. A... ne fait pas un geste. Elle continue de contempler la cour et l'entrée du 20 chemin, au milieu des bananiers, droit devant soi.

A... est dans la salle de bains, dont elle a laissé la porte entrebâillée sur le couloir. Elle n'est pas occupée à sa toilette. Elle est debout contre la table laquée de blanc, devant la fenêtre carrée qui lui arrive à hauteur de poitrine. Au delà 25 de l'embrasure béante, par-dessus la terrasse, la balustrade à jours, le jardin en contre-bas, son regard ne peut atteindre que la masse verte des bananiers, et plus loin, surplombant la route qui descend vers la plaine, l'éperon rocheux du plateau, derrière lequel vient de disparaître le soleil. 30

La nuit ensuite n'est pas longue à tomber, dans ces contrées sans crépuscule. La table laquée devient vite d'un bleu plus soutenu, ainsi que la robe, le sol blanc, les flancs de la baignoire. La pièce entière est plongée dans l'obscurité.

Seul le carré de la fenêtre fait une tache d'un violet plus 35 clair, sur laquelle se découpe la silhouette noire de A...: la ligne des épaules et des bras, le contour de la chevelure. Il est impossible, sous cet éclairage, de savoir si sa tête se présente de face ou de dos.

Dans tout le bureau brusquement le jour baisse. Le soleil s'est couché. A..., déjà, est effacée complètement.[118] La photographie ne se signale plus que par les bords nacrés de son cadre, qui brillent dans un reste de lumière. Par devant brillent aussi le parallélogramme que la lame dessine et l'ellipse 5 en métal au centre de la gomme. Mais leur éclat ne dure guère. L'œil maintenant ne discerne plus rien, malgré les fenêtres ouvertes.

Les cinq ouvriers sont toujours à leur poste, dans le fond de la vallée, accroupis en quinconce sur le petit pont. L'eau 10 courante du ruisseau scintille encore des derniers reflets de la pénombre. Et puis, plus rien.

Sur la terrasse[119] A... doit bientôt fermer son livre. Elle a poursuivi sa lecture jusqu'à ce que le jour soit devenu insuffisant. Alors elle relève le visage, pose le livre sur la table basse 15 à portée de sa main, et demeure immobile, les deux bras nus allongés sur les accoudoirs du fauteuil, le buste rejeté en arrière contre son dossier, les yeux grands ouverts en face du ciel vide, des bananiers absents, de la balustrade, engloutie à son tour par la nuit.   20

Et le bruit assourdissant des criquets emplit déjà les oreilles, comme s'il n'avait jamais cessé d'être là. Le crissement continu, sans progression, sans nuance, se retrouve à son plein développement, durant déjà depuis de longues minutes, ou même des heures, puisqu'un début quelconque n'a 25 pu être enregistré à aucun moment.

Maintenant la scène est tout à fait noire. Bien que la vue ait eu le temps de s'habituer, aucun objet ne surnage, même parmi les plus proches.

Mais, maintenant, il y a de nouveau des balustres vers 30 le coin de la maison, des demi-balustres plus exactement, et une barre d'appui les surmonte; et le carrelage émerge à leur pied peu à peu. L'angle du mur précise sa ligne verticale. Une lueur vive jaillit de derrière.

C'est une lampe allumée, une des grosses lampes à gaz 35 d'essence, qui éclaire deux jambes en marche, à la hauteur des genoux nus et des mollets. Le boy s'approche, tenant l'anse au

[118] **complètement** Comment savez-vous que ces croquis d'A... sont des souvenirs? De quel moment du jour s'agit-il?

[119] **terrasse** De quelle séquence s'agit-il maintenant?

bout de son long bras. Des ombres dansent dans toutes les directions.

Le boy n'a pas encore atteint la petite table que la voix de A... se fait entendre, précise et mesurée; elle demande de placer la lampe dans la salle à manger, après avoir pris soin 5 d'en fermer les fenêtres, comme chaque soir.

«Tu sais bien qu'il ne faut pas apporter la lumière ici. Elle attire les moustiques.»

Le boy n'a rien dit et ne s'est pas arrêté un seul instant.[120] La régularité de sa marche n'a même pas été altérée. Arrivé 10 au niveau de la porte, il a exécuté un quart de tour en direction du couloir, où il a disparu, ne laissant derrière soi qu'une lueur pâlissante: l'embrasure de la porte, un rectangle sur le dallage de la terrasse, et six balustres à l'autre bout. Puis plus rien. 15

A... n'a pas détourné la tête pour s'adresser au boy. Son visage recevait les rayons de la lampe sur le côté droit. Ce profil vivement éclairé persiste ensuite sur la rétine. Dans la nuit noire où rien ne surnage des objets, même les plus proches, la tache lumineuse se déplace à volonté, sans que sa force s'at- 20 ténue, gardant la découpure du front, du nez, du menton, de la bouche...[121]

La tache[122] est sur le mur de la maison, sur les dalles, sur le ciel vide. Elle est partout dans la vallée, depuis le jardin jusqu'a la rivière et sur l'autre versant. Elle est aussi dans le 25 bureau, dans la chambre, dans la salle à manger, dans le salon, dans la cour, sur le chemin qui s'éloigne vers la grand-route.

A... cependant n'a pas bougé d'une ligne. Elle n'a pas ouvert la bouche pour parler, sa voix n'a pas troublé le 30 vacarme des criquets nocturnes; le boy n'est pas venu sur la terrasse, il n'y a donc pas apporté la lampe, sachant très bien que sa maîtresse n'en veut pas.

Il l'a portée dans la chambre, où sa maîtresse s'apprête maintenant pour le départ. 35

---

[120] **instant**   Pourquoi le boy ne s'arrête-t-il pas?

[121] **bouche**   La tache lumineuse et la tache sombre vous semblent-elles avoir une signification?

[122] **tache**   De quelle tache s'agit-il? Quelle est la situation du mari à ce moment?

La lampe est posée sur la table-coiffeuse. A... est en train de terminer son discret maquillage: ce rouge sur les lèvres qui se contente de reproduire leur teinte naturelle, mais qui paraît plus noir sous cette lumière trop crue.

Le jour n'est pas encore levé.[123]   5

Franck va venir tout à l'heure pour prendre A... et l'emmener jusqu'au port. Elle est assise devant le miroir ovale où son visage apparaît de face, éclairé d'un seul côté, doublant à faible distance le visage de profil.

A... se penche davantage, vers la glace. Les deux visages 10 se rapprochent. Ils ne sont plus qu'à trente centimètres l'un de l'autre. Mais ils conservent leur forme et leur position respective: un profil et une face parallèles entre eux.

La main droite et la main du miroir dessinent, sur les lèvres et leur reflet, l'exacte image des lèvres, un peu plus 15 vive, plus nette encore, à peine un peu plus foncée.

Deux coups légers sont frappés à la porte du couloir.

Eclatantes, la bouche et la demi-bouche remuent avec un parfait synchronisme:

«Qu'est-ce que c'est?»   20

La voix est contenue, comme dans une chambre de malade, où comme la voix d'un voleur qui parle à son complice.

«Le monsieur, il est là», répond la voix du boy, de l'autre côté du panneau.

Aucun bruit de moteur n'a pourtant troublé le silence (qui 25 n'était pas le silence, mais le sifflement continu de la lampe à pression).

A... dit: «Je viens.»

Elle termine sans hâte, d'un geste sûr, l'ourlet sinueux au-dessus du menton.   30

Elle se lève, traverse la chambre en contournant le grand lit, prend son sac à main sur la commode et le fin chapeau de paille blanche à très larges bords. Elle ouvre la porte sans faire de bruit (quoique sans précautions excessives), sort, referme la porte derrière soi.   35

Les pas s'éloignent le long du couloir.

La porte d'entrée s'ouvre et se referme.

Il est six heures et demie.

---

[123] **levé**   De quel matin s'agit-il?

*T*oute la maison est vide. Elle est vide depuis le matin.
Il est maintenant six heures et demie. Le soleil a disparu
derrière l'éperon rocheux qui termine la plus importante
avancée du plateau.

C'est la nuit noire, figée , n'apportant pas la moindre im- 5
pression de fraîcheur, pleine du bruit assourdissant des criquets
qui semble durer depuis toujours.

A . . . ne doit pas rentrer pour le dîner, qu'elle prend en
ville avec Franck avant de se remettre en route. Elle n'a rien
dit de préparer pour son retour. C'est qu'elle n'aura donc 10
besoin de rien. Il est inutile de l'attendre. Il est inutile en tout
cas de l'attendre pour dîner.

Sur la table de la salle à manger, le boy a disposé un
unique couvert, en face du buffet long et bas qui occupe
presque toute la cloison entre la porte ouverte de l'office et la 15
fenêtre fermée donnant sur la cour. Les rideaux, qui n'ont pas
été tirés, laissent à découvert les six carreaux noirs de la
fenêtre.

Une seule lampe éclaire la grande pièce. Elle est située sur
la table, dans son angle sud-ouest (c'est-à-dire du côté de 20
l'office), illuminant la nappe blanche. A droite de la lampe,
une petite tache de sauce marque la place de Franck: une
empreinte allongée, sinueuse, entourée de signes plus ténus.[124]
De l'autre côté, les rayons viennent frapper perpendiculaire-
ment le mur nu, tout proche, faisant ressortir en pleine 25
lumière l'image du mille-pattes écrasé par Franck.[125]

Si chacune des pattes de la scutigère comprend quatre
articles de longueur voisine, aucune de celles qui se trouvent
dessinées ici, sur la peinture mate, n'est intacte—sauf une
peut-être, la première à gauche. Mais elle est étendue, presque 30
rectiligne, de sorte que ses articulations ne sont pas faciles à
localiser avec certitude. La patte originale pouvait être sensiblement plus longue encore. L'antenne, non plus, ne s'est
sans doute pas imprimée jusqu'au bout sur le mur.

Dans l'assiette blanche, un crabe de terre déploie ses cinq 35
paires de pattes aux jointures très apparentes, solides, bien

[124] **ténus**   Cette tache vous rappelle-t-elle quelque chose?
[125] **Franck**   Où se place cette soirée dans la maison vide par rapport à
la scène de la gomme?

réglées, emboîtées avec justesse. Tout autour de la bouche, des appendices nombreux, de taille plus faible, sont également semblables entre eux deux à deux. L'animal s'en sert pour produire une sorte de grésillement, perceptible de tout près, analogue à celui qu'émet dans certains cas la scutigère. 5

Mais la lampe empêche de rien entendre, à cause de son sifflement continuel, dont l'oreille ne se rend compte que lorsqu'elle essaye de percevoir un autre son.[126]

Sur la terrasse, où le boy a fini par transporter la petite table et l'un des fauteuils bas, le bruit de la lampe s'évanouit 10 chaque fois qu'un cri de bête vient l'interrompre.

Les criquets depuis longtemps se sont tus. La nuit déjà est assez avancée. Il n'y a ni étoiles ni lune. Il n'y a pas un souffle de vent. C'est une nuit noire, calme et chaude, comme toutes les autres nuits, coupée seulement çà et là par les appels aigus 15 et brefs des petits carnassiers nocturnes, le vrombissement subit d'un scarabée, le froissement d'ailes d'une chauve-souris.

Un silence s'établit ensuite. Mais un bruit plus discret, comme un ronronnement, fait dresser l'oreille ... Il s'est arrêté aussitôt. Et de nouveau s'impose le sifflement de la 20 lampe.

Cela ressemblait plus d'ailleurs à un grognement qu'au bruit d'un moteur de voiture.[127] A ... n'est pas encore rentrée. Ils ont un peu de retard, ce qui est bien normal avec ces mauvaises routes.[128] 25

La lampe, c'est certain, attire les moustiques; mais elle les attire vers sa propre lumière. Il suffit donc de la placer à quelque distance pour n'être pas incommodé par eux, ou par d'autres insectes.

Ils tournent tous autour du verre, accompagnant de leurs 30 vols cycliques le sifflement uniforme du gaz d'essence. Leur modeste taille, leur éloignement relatif, leur vitesse—d'autant plus grande qu'ils passent plus près de la source lumineuse— empêchent de reconnaître la configuration du corps et des ailes. Il n'est même pas possible de distinguer entre elles les 35

[126] **Son** Quels bruits dominent la scène? Pourquoi le mari les entend-il?

[127] **voiture** Pourquoi cette comparaison?

[128] **routes** Qu'est-ce que cette remarque nous apprend sur l'état d'esprit du mari?

différentes espèces, à plus forte raison de les nommer. Ce ne sont que de simples particules en mouvement, qui décrivent des ellipses plus ou moins aplaties dans des plans horizontaux, ou d'inclinaison très faible, coupant à divers niveaux le manchon allongé de la lampe.   5

Mais les trajectoires sont rarement centrées sur celle-ci; presque toutes s'écartent davantage d'un côté, à droite ou à gauche, et si largement parfois que le corpuscule disparaît dans la nuit. Il rentre en scène aussitôt—ou un autre à sa place —et rétrécit bientôt son orbite, de manière à évoluer avec ses 10 congénères dans une zone commune, violemment éclairée, longue d'un mètre cinquante environ.

A chaque instant, certaines des ellipses s'amincissent jusqu'à devenir tangentes au globe, de part et d'autre de celui-ci (en avant et en arrière). Elles sont alors réduites à leurs 15 plus courtes dimensions, dans les deux sens, et elles atteignent leur vitesse la plus grande. Mais elles ne tiennent pas longtemps ce rythme accéléré : par un brusque écart, l'élément générateur reprend une gravitation plus calme.

Du reste, qu'il s'agisse de l'amplitude, de la forme, ou de 20 la situation plus ou moins excentrique, les variations sont probablement incessantes à l'intérieur de l'essaim. Il faudrait, pour les suivre, pouvoir différencier les individus. Comme c'est impossible, une certaine permanence d'ensemble s'établit, au sein de laquelle les crises locales, les arrivées, les départs, les 25 permutations, n'entrent plus en ligne de compte.[129]

Aigu et bref, le cri d'un animal retentit, tout proche, paraissant venir du jardin, juste au pied de la terrasse. Puis le même cri, au bout de trois secondes, signale sa présence de l'autre côté de la maison. Et de nouveau c'est le silence, qui 30 n'est pas le silence, mais une succession de cris identiques, plus menus, plus lointains, dans la masse des bananiers, près de la rivière, sur le versant opposé peut-être, d'un bout à l'autre du vallon.

Maintenant c'est un bruit plus sourd, moins fugitif, qui 35 sollicite l'attention : une sorte de grognement, de ronflement, ou de ronronnement . . .

Mais, avant même de s'être suffisamment précisé, le bruit

[129] **compte**   Pourquoi cette longue description? Que fait le narrateur? Pourquoi? Quelle impression est-ce que cela fait sur le lecteur?

s'est éteint. L'oreille, qui cherche en vain à le retrouver, dans la nuit, ne perçoit plus à sa place que le souffle de la lampe à pression.

Le son en est plaintif, élevé, un peu nasillard. Mais sa complexité lui permet d'avoir des harmoniques à toutes les 5 hauteurs. D'une constance absolue, à la fois étouffé et perçant, il emplit la tête et la nuit entière, comme s'il ne venait de nulle part.[130]

Autour de la lampe, la ronde des insectes est toujours exactement la même. Cependant, à force de la contempler, 10 l'œil finit par y déceler des corpuscules plus gros que les autres. Ce n'est pas assez toutefois pour en déterminer la nature. Sur le fond noir ils ne forment, eux aussi, que des taches claires, qui deviennent de plus en plus brillantes à mesure qu'elles se rapprochent de la lumière, virent au noir d'un seul coup quand 15 elles passent devant le globe, à contre-jour, puis retrouvent tout leur éclat, dont l'intensité décroît alors vers la pointe de l'orbite.

Dans la brusquerie de son retour en direction du verre, la tache vient s'y heurter avec violence, produisant un tintement 20 sec. Tombée sur la table, elle est devenue un petit coléoptère rougeâtre, aux élytres closes, qui marche en rond lentement sur le bois plus foncé.

D'autres bestioles, pareilles à celle-là, ont déjà échoué comme elle sur la table; elles y errent à l'aventure, parcourant 25 d'une allure incertaine des trajets aux crochets nombreux, aux buts problématiques. Soulevant soudain ses élytres en un V aux branches recourbées, l'une d'elles étend ses ailes membraneuses, prend son vol et rentre aussitôt dans l'essaim des corpuscules.

Mais elle y constitue l'un des éléments les plus lourds, les 30 moins rapides, donc les moins difficiles à suivre des yeux. Les spires qu'elle décrit sont sans doute aussi parmi les plus capricieuses: elles comprennent des boucles, des festons, des montées suivies de chutes brutales, des inflexions, des points de rebroussement . . .   35

Le bruit plus sourd maintenant dure déjà depuis plusieurs secondes, ou même plusieurs minutes: une sorte de grogne-ment, de ronflement, ou le ronronnement d'un moteur, le

[130] **de nulle part** Pourquoi le mari entend-il tous ces bruits, cette nuit-là?

moteur d'une automobile qui monterait vers le plateau, sur la
grand-route. Il s'estompe un moment; mais c'est pour reprendre ensuite de plus belle. Cette fois c'est bien le bruit d'une
voiture sur la route.

Il s'enfle progressivement. Il occupe toute la vallée de sa 5
trépidation régulière, monotone, beaucoup plus ample qu'elle
ne semblerait en plein jour. Son importance excède même très
vite ce que l'on est en droit d'attendre d'une simple conduite-
intérieure.[131]

Le bruit est maintenant parvenu à proximité de l'em- 10
branchement du chemin qui dessert la plantation. Au lieu de
ralentir pour obliquer sur la droite, il poursuit son avance uniforme, arrivant à présent aux oreilles après avoir contourné
la maison par son pignon est. Il a dépassé la bifurcation.

Ayant atteint la partie plate de la route, juste au-dessous 15
du rebord rocheux par lequel le plateau s'interrompt, le
camion change de vitesse et continue avec un ronronnement
moins lourd. Ensuite son bruit diminue peu à peu, à mesure
qu'il s'éloigne vers l'est, éclairant de ses phares puissants les
touffes d'arbres au feuillage rigide qui parsèment la brousse, 20
en direction de la concession suivante, celle de Franck.

Sa voiture a pu tomber en panne, une fois de plus. Ils
devraient être de retour depuis longtemps.[132]

Autour de la lampe à essence continuent de tourner les
ellipses, s'allongeant, se rétrécissant, s'écartant vers la droite ou 25
la gauche, montant, descendant, ou basculant d'un côté puis
de l'autre, s'emmêlant en un écheveau de plus en plus brouillé,
où aucune courbe autonome ne demeure identifiable.

A... devrait être de retour depuis longtemps.

Néanmoins les causes probables de retard ne manquent 30
pas.[133] Mis à part l'accident—jamais exclu—il y a les deux
crevaisons successives, qui obligent le conducteur à réparer
lui-même un des pneus: enlever la roue, démonter l'enveloppe,
trouver le trou dans la chambre à air à la lueur des phares,
etc...; il y a la rupture de quelque connexion électrique, due 35
à un cahot trop violent, qui coupe par exemple l'alimentation

[131] **conduite-intérieure**   Quel est le sens de cette réflexion?

[132] **depuis longtemps**   A quelle heure devaient-ils revenir?

[133] **ne manquent pas**   Dans tout le paragraphe qui suit que fait le
mari?

des phares, contraignant à de longues investigations et à un
raccord de fortune sous l'éclairage médiocre d'une pile de
poche. La piste est en si mauvais état que des pièces maîtresses
peuvent même être endommagées, si la voiture va trop vite:
amortisseurs cassés, arbre faussé, carter en morceaux ... Il y a 5
aussi l'assistance qui ne se refuse pas à un autre chauffeur en
difficulté. Il y a les divers aléas retardant le départ lui-même:
prolongement imprévu de quelque affaire, lenteur excessive du
restaurateur, invitation à dîner acceptée à la dernière minute
chez un ami de rencontre, etc..., etc... Il y a enfin la 10
fatigue du conducteur, qui lui a fait remettre son retour au
lendemain.[134]

Le bruit d'un camion qui monte la route, sur ce versant-
ci de la vallée, emplit l'air de nouveau. Il se déplace d'ouest en
est, d'un bout à l'autre du champ auditif, atteignant son maxi- 15
mum de puissance lorsqu'il passe derrière la maison. Il va
aussi vite que le précédent, ce qui peut le faire confondre un
instant avec une voiture de tourisme; mais le bruit est beaucoup trop fort. Le camion n'est pas chargé, de toute évidence.
Ce sont les transporteurs de bananes qui remontent à vide, 20
depuis le port, après avoir déposé leurs régimes sous les
hangars, à l'entrée du wharf, le long duquel le «Cap Saint-
Jean» s'est amarré.[135]

C'est ce motif qui figure sur le calendrier des postes, au
mur de la chambre. Le navire blanc, tout neuf, est à quai, 25
contre la longue jetée qui—partant de la marge inférieure—
s'avance en pointe vers le large. On ne distingue pas bien la
structure de celle-ci:[136] il s'agit vraisemblablement d'une
charpente en bois (ou en fer) supportant une chaussée revêtue
de goudron. Alors que la jetée se trouve presque au ras de 30
l'eau, les flancs du navire se dressent à une grande hauteur
au-dessus d'elle. Il se présente de face, montrant la ligne verticale de son étrave et les deux parois lisses, dont une seule est
éclairée.

Le navire et la jetée occupent le milieu de l'image, lui à 35
gauche, elle à droite. Tout autour, la mer est semée de

---

[134] **lendemain** Quelle heure semble-t-il être maintenant? Comment
Robbe-Grillet nous a-t-il donné l'atmosphère de cette nuit d'attente?
[135] **amarré** Pourquoi est-ce que le mari pense au bateau? A la jetée?
[136] **celle-ci** La jetée.

pirogues: il y en a huit qui sont nettement visibles et trois autres plus incertaines, dans le fond. Une embarcation moins fragile, munie d'une voile carrée que le vent gonfle, est sur le point de doubler l'extrémité du wharf. Sur celui-ci se presse une foule multicolore, près d'un amas de ballots entassés, en 5 avant du navire.

Un peu à l'écart, mais au premier plan, tournant le dos à cette agitation et au grand bateau blanc qui la provoque, un personnage vêtu à l'européenne regarde, vers la partie droite de l'image, une sorte d'épave dont la masse imprécise flotte à 10 quelques mètres de lui. La surface de l'eau est ondulée d'une faible houle, courte, régulière, qui arrive en direction de l'homme. L'épave, à demi soulevée par le flot, semble être un vieux vêtement, ou un sac vide.

La plus grosse des pirogues est située dans son voisinage 15 immédiat, mais elle s'en éloigne; toute l'attention des deux indigènes qui la manœuvrent est accaparée, à l'avant, par le choc d'une petite vague contre la coque, que surplombe un panache d'écume fixé en l'air par la photographie.

A gauche de la jetée, la mer est encore plus calme. Elle 20 est aussi d'un vert plus soutenu. De larges flaques d'huile forment des taches glauques au pied de l'appontement. C'est de ce bord-là que le «Cap Saint-Jean» vient d'accoster; vers lui converge l'intérêt de tous les autres personnages constituant la scène. A cause de la position que le navire occupe, ses super- 25 structures sont assez confuses, sauf la face avant du château, la passerelle, le haut de la cheminée, et le premier mât de chargement avec son bras oblique, ses poulies, ses câbles, ses filins.

Au sommet du mât s'est perché un oiseau, qui n'est pas un 30 oiseau de mer, mais un vautour au cou déplumé. Un second plane dans le ciel, au-dessus et à droite; ses ailes sont dans le prolongement l'une de l'autre, bien étalées, l'ensemble étant fortement incliné vers le haut du mât; l'oiseau est en train d'exécuter un virage. Au-dessus encore court horizontalement 35 une marge blanche de trois millimètres, puis une bordure rouge plus étroite de moitié.

Au-dessus du calendrier, qu'une punaise retient par un fil rouge en forme d'accent circonflexe, la cloison de bois est peinte en gris clair. D'autres trous de punaises y sont percés, 10 aux alentours. Un trou moins discret, sur la gauche, marque l'emplacement d'un piton absent, ou d'un gros clou.

Hormis ces perforations, la peinture de la chambre est en bon état. Ses quatre murs, comme ceux de toute la maison, sont revêtus de lattes verticales, larges d'une dizaine de centi- 5 mètres, séparées entre elles par une cannelure à double sillon. La profondeur de ceux-ci les souligne d'une ombre nette, sous l'éclairage cru de la lampe à gaz d'essence.

Cette rayure se reproduit de la même façon sur les quatre côtés de la chambre carrée—cubique, même, puisqu'elle est 10 aussi haute de plafond qu'elle est large, ou longue. Le plafond d'ailleurs est également recouvert par les mêmes lattes grises. Quant au plancher, il offre encore une disposition identique, mise en évidence par des interstices longitudinaux bien marqués, très propres, creusés par les fréquents lavages qui dé- 15 colorent le bois des lames, et parallèles aux cannelures du plafond. [137]

Ainsi les six faces intérieures du cube se trouvent découpés avec exactitude en minces bandes de dimensions constantes, verticales pour les quatre plans verticaux, orientées d'ouest en 20 est pour les deux plans horizontaux. Lorsque la lampe se balance un peu,[138] au bout du bras tendu, toutes ces lignes aux courtes ombres mouvantes paraissent animées d'un mouvement général de rotation.

Extérieurement, les murs de la maison montrent au con- 25 traire des planches placées dans le sens horizontal; elles sont aussi plus larges—vingt centimètres environ—et se chevauchent l'une l'autre par l'extrême bord. Leur surface n'est donc pas inscrite dans un plan vertical unique, mais dans de multiples plans parallèles, inclinés de quelques degrés et distants entre 30 eux de l'épaisseur d'une planche.[139]

Les fenêtres sont encadrées d'une moulure et surmontées par un fronton en forme de triangle très aplati. Les lattes qui composent ces ornements ont été clouées par-dessus les voliges imbriquées constituant la paroi, si bien que les deux systèmes 35

---

[137] **plafond** Comment vous expliquez-vous la minutie de cette description et de celles qui suivent?

[138] **un peu** Le narrateur se promène maintenant dans la maison, une lampe à la main.

[139] **planche** Où le narrateur semble-t-il être à ce moment-là?

ne sont en contact que par une série d'arêtes (le bord inférieur de chaque planche), entre lesquelles subsistent des jours très importants.

Seules sont appliquées par toute leur superficie les deux moulures horizontales: la base du fronton et la base de l'en- 5 cadrement, sous la fenêtre. Dans le coin de celle-ci, un liquide foncé a coulé le long du bois, traversant les voliges l'une après l'autre d'arête en arête, puis le soubassement de béton, traînée de plus en plus étroite qui finit par n'être qu'un filet, et atteint le sol de la terrasse au milieu d'un carreau, s'y achevant en 10 une petite tache ronde.[140]

Le dallage, aux environs, est net de toute salissure. Il est lavé fréquemment, il l'a été encore dans l'après-midi. La terre cuite très fine présente une surface mate, grisâtre, douce au toucher. Les carreaux sont de grande dimension; à partir de la 15 tache ronde, en suivant le mur, il y en a seulement cinq et demi jusqu'à la marche d'entrée du couloir.

La porte est encadrée, elle aussi, par une moulure de bois et surmontée d'un fronton triangulaire aplati. Passé le seuil commence un nouveau carrelage,[141] mais dont les éléments 20 sont beaucoup plus petits: réduits de moitié dans chaque sens, ce qui les ramène à la taille courante. Au lieu d'être lisses, comme ceux de la terrasse, ils sont hachurés, suivant une des directions diagonales, par des rainures sans profondeur; les parties déprimées ont la même largeur que les côtes, c'est-a- 25 dire quelques millimètres. Leur disposition est alternée d'un carreau à l'autre, de manière à dessiner des chevrons successifs. Ce faible relief, à peine visible en plein jour, est accusé par la lumière artificielle, surtout à une certaine distance en avant de la lampe, et davantage encore si elle est tenue au ras du 30 sol.

Le léger bercement de la lumière, qui s'avance le long du couloir, agite la suite ininterrompue des chevrons d'une ondulation continuelle, semblable à celle des vagues.

Le même carrelage se poursuit, sans la moindre séparation, 35 dans le salon-salle à manger. La zone où se dressent la table et les chaises est recouverte d'une natte en fibre; l'ombre de leurs

[140] **ronde** Qu'est-ce que ce liquide suggère? De quelle fenêtre s'agit-il?
[141] **carrelage** Pourriez-vous décrire l'attitude du narrateur et suivre son itinéraire dans le paragraphe suivant?

pieds[142] y tourne rapidement, dans le sens inverse des aiguilles d'une montre.

Derrière la table, au centre du long buffet, la cruche indigène a l'air encore plus volumineuse: son gros ventre sphérique, en terre rouge non vernissée, projette sur le mur 5 une ombre dense qui s'accroît à mesure que la source lumineuse se rapproche, disque noir surmonté d'un trapèze isocèle (dont la grande base se trouve en haut) et d'une mince courbe fortement arquée, qui relie le flanc circulaire à l'un des sommets du trapèze. 10

La porte de l'office est fermée. Entre elle et l'ouverture béante du couloir, il y a le mille-pattes. Il est gigantesque: un des plus gros qui puissent se rencontrer sous ces climats.[143] Ses antennes allongées, ses pattes immenses étalées autour du corps, il couvre presque la surface d'une assiette ordinaire. L'ombre 15 des divers appendices double sur la peinture mate leur nombre déjà considérable.

Le corps est recourbé vers le bas: sa partie antérieure s'infléchit en direction de la plinthe, tandis que les derniers anneaux conservent leur orientation primitive—celle d'un 20 trajet rectiligne coupant en biais le panneau depuis le seuil du couloir jusqu'au coin du plafond, au-dessus de la porte close de l'office.

La bête est immobile, comme en attente, droite encore, bien qu'ayant peut-être flairé le danger. Seules ses antennes 25 se couchent l'une après l'autre et se relèvent, dans un mouvement de bascule alterné, lent mais continu.

Soudain l'avant du corps se met en marche, exécutant une rotation sur place, qui incurve le trait oblique vers le bas du mur. Et aussitôt, sans avoir le temps d'aller plus loin, la 30 bestiole choit sur le carrelage,[144] se tordant à demi et crispant par degrés ses longues pattes, cependant que les mâchoires s'ouvrent et se ferment à toute vitesse autour de la bouche, à vide, dans un tremblement réflexe... Il est possible, en approchant l'oreille, de percevoir le grésillement léger qu'elles 35 produisent.

---

[142] **pieds**   les pieds des chaises.
[143] **climats**   De quel mille-pattes s'agit-il?
[144] **carrelage**   De quelle scène s'agit-il ici?

Le bruit est celui du peigne dans la longue chevelure.[145] Les dents d'écaille passent et repassent du haut en bas de l'épaisse masse noire aux reflets roux, électrisant les pointes et s'électrisant elles-mêmes, faisant crépiter les cheveux souples, fraichement lavés, durant toute la descente de la main fine— 5 la main fine aux doigts effilés, qui se referment progressivement.

Les deux longues antennes accélèrent leur balancement alterné. L'animal s'est arrêté au beau milieu du mur, juste à la hauteur du regard. Le grand développement des pattes, à la 10 partie postérieure du corps, fait reconnaître sans risque d'erreur la scutigère, ou «mille-pattes-araignée». Dans le silence, par instant, se laisse entendre, le grésillement caractéristique, émis probablement à l'aide des appendices buccaux.

Franck, sans dire un mot, se relève, prend sa serviette; il la 15 roule en bouchon, tout en s'approchant à pas feutrés, écrase la bête contre le mur. Puis, avec le pied, il écrase la bête sur le plancher de la chambre.

Ensuite il revient vers le lit[146] et remet au passage la serviette de toilette sur sa tige métallique, près du lavabo. 20

La main aux phalanges effilées s'est crispée sur le drap blanc.[147] Les cinq doigts écartés se sont refermés sur eux-mêmes, en appuyant avec tant de force qu'ils ont entraîné la toile avec eux: celle-ci demeure plissée de cinq faisceaux de sillons convergents... Mais la moustiquaire retombe, tout 25 autour du lit, interposant le voile opaque de ses mailles innombrables, où des pièces rectangulaires renforcent les endroits déchirés.

Dans sa hâte d'arriver au but, Franck accélère encore l'allure. Les cahots deviennent plus violents.[148] Il continue 30 néanmoins d'accélérer. Il n'a pas vu, dans la nuit, le trou qui coupe la moitié de la piste. La voiture fait un saut, une embardée... Sur cette chaussée défectueuse le conducteur ne

[145] **chevelure** Comment se fait l'association du mille-pattes et de la chevelure? Quel effet cette association fait-elle sur vous? Pourquoi?
[146] **lit** Comment la scène du mille-pattes s'est-elle transformée? Qu'est-ce que cela nous fait comprendre?
[147] **drap blanc** Quels éléments de la scène sont métamorphosés? S'agit-il d'un souvenir?
[148] **violents** Que voit maintenant le narrateur? Quel mot l'a lancé sur cette voie?

peut redresser à temps. La conduite-intérieure bleue va s'écraser, sur le bas côté, contre un arbre au feuillage rigide qui tremble à peine sous le choc, malgré sa violence.

Aussitôt des flammes jaillissent. Toute la brousse en est illuminée, dans le crépitement de l'incendie qui se propage.[149] 5 C'est le bruit que fait le mille-pattes, de nouveau immobile sur le mur, en plein milieu du panneau.

A le mieux écouter, ce bruit tient du souffle autant que du crépitement: la brosse maintenant descend à son tour le long de la chevelure défaite. A peine arrivée au bas de sa course, 10 très vite elle remonte la branche ascendante du cycle, décrivant dans l'air une courbe qui la ramène à son point de départ, sur les cheveux lisses de la tête, où elle commence à glisser dere-chef.

Contre la paroi opposée de la chambre, le vautour en est 15 toujours au même point de son virage.[150] Un peu plus bas, couronnant le mât du navire, le deuxième oiseau n'a pas bougé non plus. En-dessous, au premier plan, le morceau d'étoffe est encore à demi soulevé par la même ondulation de la houle. Et le regard des deux indigènes, dans la pirogue, n'a 20 pas quitté le panache d'écume, toujours sur le point de re-tomber, à l'avant de leur embarcation fragile.

Tout en bas, enfin, le dessus de la table à écrire offre une surface vernie, où le sous-main[151] de cuir est à sa place, dans l'axe du grand côté. A gauche un rond de feutre, spécialement 25 affecté à cet usage, recoit le socle circulaire de la lampe à essence, done l'anse retombe par derrière.[152]

A l'intérieur du sous-main, le buvard vert est constellé de fragments d'écriture à l'encre noire: barres de deux ou trois millimètres, petits arcs de cercles, crosses, boucles, etc...; 30 aucun signe complet n'y pourrait être lu, même dans un miroir. Dans la poche latérale sont glissées onze feuilles de papier à lettres, d'un bleu très pâle, du format commercial ordinaire. La première de ces feuilles porte le trace bien visible

---

[149] **se propage**   Quel est le rapport entre l'accident imaginé, la cheve-lure, et le mille-pattes?

[150] **virage**   Pendant toute cette série d'images où se trouve le narrateur?

[151] **sous-main**   Connaissez-vous ce sous-main? Où est sa place? Où est le mari maintenant?

[152] **derrière**   Que fait le mari? Pourquoi?

d'un mot gratté—en haut et à droite—dont ne subsistent que deux fragments de jambages, très éclaircis par la gomme. Le papier à cet endroit est plus mince, plus translucide, mais son grain est à peu près lisse, prêt pour la nouvelle inscription. Quant aux anciens caractères, ceux qui s'y trouvaient aupara- 5 vant, il n'est pas possible de les reconstituer. Le sous-main en cuir ne contient rien d'autre.

Dans le tiroir de la table, il y a deux blocs de papier pour la correspondance; l'un est neuf, le second largement entamé. La dimension des feuilles, leur qualité, leur couleur bleu pâle, 10 sont absolument identiques à celles des précédentes. A côté sont rangés trois paquets d'enveloppes assorties, doublées de bleu foncé, encore entourées de leur bande. Il manque cependant, dans l'un des paquets, une bonne moitié des enveloppes, et la bande est lâche autour de celles qui restent. 15

Excepté deux crayons noirs, une gomme à machine en forme de disque, le roman qui a fait l'objet de maintes discussions et un carnet de timbres intact, il n'y a rien d'autre dans le tiroir de la table.

Le tiroir supérieur de la grosse commode demande un plus 20 long inventaire. Dans sa partie droite, plusieurs boîtes renferment des vieilles lettres; presque toutes sont encore munies de leurs enveloppes, sur lesquelles figurent des timbres d'Europe ou d'Afrique: lettres envoyées par la famille de A . . ., lettres d'amis divers . . . 25

Une série de claquements discrets attirent l'attention vers la branche ouest de la terrasse, de l'autre côté du lit, derrière la fenêtre aux jalousies baissées. Cela pourrait être un bruit de pas sur le dallage. Pourtant le boy et le cuisinier doivent être couchés depuis longtemps. Leurs pieds nus, ou chaussés 30 d'espadrilles, sont d'ailleurs tout à fait silencieux.

Le bruit a cessé aussitôt. S'il s'agissait vraiment d'un pas, c'était un pas rapide, menu, furtif. Il ne ressemblait guère à celui d'un homme, mais plutôt à celui d'un quadrupède: quelque chien sauvage égaré sur la terrasse. 35

Il a disparu trop vite pour laisser un souvenir précis: l'oreille n'a même pas eu le temps de l'écouter. Combien de fois s'est répété le choc léger contre les dalles? A peine cinq ou six, ou même encore moins. C'est peu pour un chien qui passe. La chute d'un gros lézard, depuis le dessous du toit, 40 produit souvent un «flac» étouffé de cette sorte; mais il aurait alors fallu que cinq ou six lézards se laissent tomber l'un après l'autre, coup sur coup, ce qui est peu probable... Trois lézards seulement? Ce serait déjà trop... Peut-être en somme le bruit ne s'est-il répété que deux fois.

A mesure qu'il s'éloigne dans le passé, sa vraisemblance diminue. C'est maintenant comme s'il n'y avait rien eu du tout. Par les fentes d'une jalousie entrouverte—un peu tard—il est évidemment impossible de distinguer quoi que ce soit.[153] Il ne reste plus qu'à refermer, en manœuvrant la baguette latérale qui commande un groupe de lames.

La chambre est close de nouveau. Les raies du plancher, les cannelures des parois, celles du plafond, tournent de plus en plus vite. Debout sur l'appontement,[154] le personnage qui surveille le débris flottant commence lui-même à s'incliner, sans rien perdre de sa raideur. Il est vêtu d'un complet blanc de bonne coupe, il est coiffé d'un casque colonial. Il porte une moustache noire à bouts relevés, selon l'ancienne mode.

Non. Son visage, qui n'est pas éclairé par le soleil, ne laisse rien deviner, même pas la couleur de sa peau. On dirait que la vaguelette, en poursuivant son avance, va déployer le morceau d'étoffe et permettre de voir si c'est un vêtement, un sac de toile, ou autre chose, s'il reste encore assez de jour, toutefois.

A ce moment la lumière s'éteint, d'un seul coup.

Sans doute a-t-elle baissé peu à peu, auparavant; mais cela n'est pas certain. Sa portée s'était-elle atténuée? Son éclat n'était-il pas plus jaune?

Cependant le piston de pompage a été actionné, à plusieurs reprises, au début de la nuit. Toute l'essence est-elle déjà brûlée? Le boy avait-il omis de remplir le réservoir? La brusquerie du phénomène n'indique-t-elle pas plutôt l'obstruction subite d'un conduit, due à quelque impureté du combustible?

De toute manière le rallumage est trop compliqué pour en valoir la peine. Traverser la chambre dans l'obscurité n'est pas tellement difficile, ni retrouver la grosse commode et son tiroir ouvert, les paquets de lettres sans importance, les boîtes

---

[153] **par les fentes . . . ce soit** Cette phrase vous semble-t-elle avoir une double signification?

[154] **l'appontement** Que regarde le mari maintenant? Pourquoi?

de boutons, les pelotes de laine, une touffe de soies, ou de crins très fins, qui ressemblent à des cheveux, et de refermer le tiroir.

Le sifflement absent de la lampe à pression fait mieux comprendre la place considérable qu'il occupait. Le câble qui 5 se déroulait régulièrement s'est soudain rompu, ou décroché, abandonnant la cage cubique [155] à son propre sort: la chute libre. Les bêtes ont aussi dû se taire, une à une, dans le vallon. Le silence est tel que les plus faibles mouvements y deviennent impraticables.   10

Pareille à cette nuit sans contours, la chevelure de soie coule entre les doigts crispés. Elle s'allonge, elle se multiplie, elle pousse des tentacules dans tous les sens, s'enroulant sur soi-même en un écheveau de plus en plus complexe, dont les circonvolutions et les apparents labyrinthes continuent de 15 laisser passer les phalanges avec la même indifférence, avec la même facilité.

Avec la même facilité la chevelure[156] se laisse dénouer, se laisse étendre, et retomber sur l'épaule en un flot docile, où la brosse de soie glisse doucement, de haut en bas, de haut en 20 bas, de haut en bas, guidée maintenant par la seule respiration, qui suffit encore à créer, dans l'obscurité complète, un rythme égal, capable encore de mesurer quelque chose, si quelque chose demeure encore à mesurer, à cerner, à décrire, dans l'obscurité totale, jusqu'au lever du jour, maintenant.   25

Le jour est levé depuis longtemps.[157] Au bas des deux fenêtres exposées au sud, des rais de lumière filtrent à travers les interstices des jalousies fermées. Pour que le soleil frappe la façade sous cet angle, il faut que sa hauteur soit déjà notable, dans le ciel. A... n'est pas rentrée. Le tiroir de 30 la commode, à la gauche du lit, est resté entrouvert. Comme il est assez lourd, il produit, en coulissant dans son cadre, un grincement de porte mal huilée.

La porte de la chambre, au contraire, tourne en silence sur ses gonds. Les chaussures à semelles de caoutchouc ne font pas 35 le moindre bruit sur le carrelage du couloir.

A gauche de la porte extérieure, sur la terrasse, le boy a

[155] la cage cubique   A quoi la chute de cette cage vous fait-elle penser?
[156] chevelure   Comment l'obsession de la chevelure ressort-elle?
[157] longtemps   Pouvez-vous décrire les événements de cette nuit?

disposé, comme à l'ordinaire, la table basse et l'unique fauteuil, et l'unique tasse à café sur la table. Le boy lui-même apparaît au coin de la maison, portant à deux mains le plateau où se dresse la cafetière.

Ayant déposé son chargement près de la tasse, il dit : 5 «Madame, elle est pas rentrée.»

Il aurait dit du même ton : «Le café, il est servi», «Dieu vous bénisse», ou n'importe quoi. Sa voix chante invariablement les mêmes notes, de telle manière qu'il n'est pas possible de distinguer les interrogations des autres phrases. Comme tous 10 les serviteurs indigènes, ce boy est en outre habitué à ne jamais attendre de réponse, lorsqu'il a posé une question. Il repart aussitôt, pour pénétrer à présent dans la maison par la porte ouverte du couloir central.

Le soleil du matin prend en enfilade cette partie médiane 15 de la terrasse, ainsi que toute la vallée. Dans l'air presque frais qui suit le lever du jour, le chant des oiseaux a remplacé celui des criquets nocturnes, et lui ressemble, quoique plus inégal, agrémenté de temps à autre par quelques sons un peu plus musicaux. Quant aux oiseaux, ils ne se montrent pas plus que 20 les criquets—pas plus que d'habitude—voletant à l'abri sous les panaches verts des bananiers, tout autour de la maison.

Dans la zone de terre nue qui sépare celle-ci de ceux-là, le sol scintille des innombrables toiles chargées de rosée, que les araignées minuscules ont tendues entre les mottes. Tout en bas, 25 sur le pont de bois qui franchit la petite rivière, une équipe de cinq manœuvres s'apprête à remplacer les rondins dont les termites ont miné l'intérieur.[158]

Sur la terrasse, au coin de la maison, le boy entre en scène, suivant son itinéraire familier. Six pas en arrière, un 30 deuxième indigène lui succède, vêtu d'un short et d'un tricot de corps, pieds nus, coiffé d'un vieux chapeau mou.

L'allure du nouveau personnage est souple, vive et non-chalante à la fois. Il s'avance à la suite de son guide vers la table basse, sans ôter de sa tête le singulier couvre-chef en 35 feutre, informe, délavé. Il s'arrête lorsque le boy s'est arrêté, c'est-à-dire cinq pas en arrière, et demeure là, les bras ballants le long du corps.

«Le monsieur là-bas, il est pas rentré», dit le boy.

[158] l'intérieur   Avez-vous déjà vu cette scène? Où?

Le messager au chapeau mou regarde en l'air, vers les poutrelles, sous le toit, où les margouillats gris-rose se poursuivent, par fragments de trajet courts et rapides, tombant en arrêt tout à coup en pleine course, la tête dressée sur un côté, la queue figée au milieu de l'ondulation interrompue.   5

«La dame,[159] elle est ennuyée», dit le boy. Il emploie cet adjectif pour désigner toute espèce d'incertitude, de tristesse ou de tracas. Sans doute est-ce «inquiète» qu'il pense aujourd'hui; mais ce pourrait être aussi bien «furieuse», «jalouse», ou même «désespérée». Il n'a d'ailleurs 10 rien demandé; il est sur le point de repartir. Cependant une phrase anodine,[160] sans signification précise, déclenche chez lui un flot de paroles, dans sa propre langue où abondent les voyelles, surtout les «a» et les «é».

Lui et le messager sont maintenant tournés l'un vers l'autre. 15 Le second écoute, sans donner le moindre signe de compréhension. Le boy parle à toute vitesse, comme si son texte ne contenait aucune ponctuation, mais du même ton chantant que lorsqu'il s'exprime en français. Brusquement, il se tait. L'autre n'ajoute pas un mot, fait demi-tour et reprend en sens 20 inverse le chemin par lequel il est venu, de son pas mol et rapide, en balançant sa tête et son couvre-chef, et ses hanches, et ses bras le long du corps, sans avoir ouvert la bouche.

Après avoir posé la tasse salie sur le plateau, à côté de la cafetière, le boy remporte l'ensemble, pénétrant dans la maison 25 par la porte ouverte du couloir. Les fenêtres de la chambre sont fermées. A . . . n'est pas encore levée, à cette heure-ci.[161]

Elle est partie très tôt, ce matin, afin de disposer du temps nécessaire à ses courses et de pouvoir cependant revenir le soir même à la plantation. Elle est descendue en ville avec Franck, 30 pour faire quelques achats urgents. Elle n'a pas précisé lesquels.

Du moment que la chambre est vide, il n'y a aucune raison pour ne pas ouvrir les jalousies, qui garnissent entièrement les trois fenêtres à la place des carreaux. Les trois fenêtres sont semblables, divisées chacune en quatre rectangles égaux, c'est- 35 à-dire quatre séries de lames, chaque battant comprenant deux

---

159 **dame**   La femme de Franck.
160 **phrase anodine**   Qui prononce cette phrase?
161 **à cette heure-ci**   A quel moment la pensée du mari revient-elle maintenant?

séries dans le sens de la hauteur. Les douze séries sont identiques : seize lames de bois manœuvrées ensemble par une baguette latérale, disposée verticalement contre le montant externe.

Les seize lames d'une même série demeurent constamment 5 parallèles. Quand le système est clos, elles sont appliquées l'une contre l'autre par leurs bords, se recouvrant mutuellement d'environ un centimètre .En poussant la baguette vers le bas, on diminue l'inclinaison des lames, créant ainsi une série de jours dont la largeur s'accroît progressivement. 10

Lorsque les jalousies sont ouvertes au maximum, les lames sont presque horizontales et montrent leur tranchant. Le versant opposé du vallon apparaît alors en bandes successives, superposées, séparées par des blancs un peu plus étroits. Dans la fente qui se trouve juste au niveau du regard 15 vient se placer une touffe d'arbres au feuillage rigide, à la limite de la plantation, là où commence la brousse jaunâtre. De multiples troncs s'élancent en faisceau divergent, d'où partent des branches garnies de feuilles vert foncé, ovales, qui semblent dessinées une à une malgré leur petitese relative et leur très 20 grand nombre. A la base, la réunion des troncs forme une souche unique, d'un diamètre colossal, sculptée de côtes en saillie qui s'évasent en arrivant au sol.

La lumière décroît rapidement. Le soleil a disparu derrière l'éperon rocheux qui termine la plus importante avancée 25 du plateau. Il est six heures et demie. Le bruit assourdissant des criquets emplit la vallée entière—crissement continu, sans progression, sans nuance. Par derrière, toute la maison est vide depuis le lever du jour.

A . . . ne doit pas rentrer pour le dîner, qu'elle prend en 30 ville avec Franck avant de se remettre en route. Ils seront de retour vers minuit, probablement.

La terrasse est vide, elle aussi. Aucun des fauteuils de repos n'a été porté dehors, ce matin, non plus que la table basse qui sert pour l'apéritif et le café. Huit points luisants marquent 35 sur les dalles l'emplacement des deux fauteuils, sous la première fenêtre du bureau.

Vues de l'extérieur, les jalousies ouvertes montrent le tranchant dépeint de leurs lames parallèles, où de menues écailles sont à moitié soulevées çà et là, que l'ongle détache- 40 rait sans mal. A l'intérieur, dans la chambre, A... se tient debout contre la fenêtre et regarde par une des fentes, vers la terrasse, la balustrade à jours et les bananiers sur l'autre versant.

Entre la peinture grise qui subsiste, pâlie par l'age, et le bois 5 devenu gris sous l'action de l'humidité, paraissent de petites surfaces d'un brun rougeâtre—la couleur naturelle du bois— là où celui-ci vient d'être laissé à découvert par la chute récente de nouvelles écailles.[162] A l'intérieur, dans la chambre, A... se tient debout contre la fenêtre et regarde par une des fentes. 10

L'homme est toujours immobile, penché vers l'eau boueuse, sur le pont en rondins recouverts de terre. Il n'a pas bougé d'une ligne: accroupi, la tête baissée, les avant-bras s'appuyant sur les cuisses, les deux mains pendant entre les genoux écartés. Il a l'air de guetter quelque chose, au fond de la petite rivière 15 —une bête, un reflet, un objet perdu.

Devant lui, dans la parcelle qui longe l'autre rive, plusieurs régimes semblent mûrs pour la coupe, bien que la récolte n'ait pas encore commencé, dans ce secteur. Au bruit d'un camion qui change de vitesse, sur la grand-route, de l'autre 20 côté de la maison, répond de ce côté-ci le grincement d'une crémone. La première fenêtre de la chambre s'ouvre à deux battants.

Le buste de A... s'y encadre, ainsi que la taille et les hanches. Elle dit «Bonjour», du ton enjoué de quelqu'un qui, 25 ayant bien dormi, se réveille l'esprit vide et dispos—ou de quelqu'un qui préfère ne pas montrer ses préoccupations, arborant par principe toujours le même sourire.

Elle se retire aussitôt vers l'intérieur, pour reparaître un peu plus loin quelques secondes après—dix secondes peut- 30 être, mais à une distance comprise entre deux et trois mètres, en tout cas—dans une nouvelle embrasure, à la place des jalousies de la seconde fenêtre dont les quatre séries de lames viennent de s'effacer en arrière. Là elle s'attarde davantage, en profil perdu, tournée vers le pilier d'angle de la terrasse, 35 qui soutient l'avancée du toit.

Elle ne peut apercevoir, de son poste d'observation, que

la verte étendue des bananiers, le bord du plateau et, entre
les deux, une bande de brousse inculte, hautes herbes jaunies
parsemées d'arbres en petit nombre.

Sur le pilier lui-même, il n'y a rien à voir non plus, si
ce n'est la peinture qui s'écaille et, de temps à autre, à 5
intervalles imprévisibles et à des niveaux variés, un lézard
gris-rose dont la présence intermittente résulte de déplacements
si soudains que personne ne saurait dire d'où il est venu, ni
où il est allé quand il n'est plus visible.

A... s'est effacée de nouveau. Pour la retrouver, le 10
regard doit se placer dans l'axe de la première fenêtre : elle
est devant la grosse commode, contre la cloison du fond.
Elle entrouvre le tiroir supérieur et se penche vers la partie
droite du meuble, où elle cherche longuement un objet[163] qui
lui échappe, fouillant à deux mains, déplaçant des paquets 15
et des boîtes et revenant sans cesse au même point, à moins
qu'elle ne se livre à un simple rangement de ses affaires.

Dans la position qu'elle occupe, entre la porte du couloir
et le grand lit, d'autres rayons peuvent aisément l'atteindre,
depuis la terrasse, traversant l'une ou l'autre des trois em- 20
brasures béantes.

Issu d'un point de la balustrade situé à deux pas de l'angle,
un trajet oblique pénètre ainsi dans la chambre par la seconde
fenêtre et coupe en biais le pied du lit pour aboutir à la
commode.[164] A..., qui s'est redressée, pivote sur elle-même 25
en direction de la lumière et disparaît immédiatement derrière
le pan de mur qui sépare les deux baies et masque le dos de
la grande armoire.

Elle émerge, un instant plus tard, du montant gauche de
la première fenêtre, devant la table à écrire. Elle ouvre le 30
sous-main de cuir et s'incline en avant, le haut des cuisses ap-
pliqué contre le bord de la table. Le corps, élargi au niveau
des hanches, empêche à nouveau de suivre ce que font les
mains, ce qu'elles tiennent, ce qu'elles prennent, ou ce qu'elles
mettent. 35

A... se présente de trois quarts arrière, comme précédem-
ment, quoique du côté opposé. Elle a gardé son déshabillé

[163] **objet** Avez-vous une idée de ce que cet objet pourrait être?
[164] **commode** Qui se trouvait, pensez-vous, à ce point près de la
balustrade?

matinal, mais sa chevelure, libre encore de tous enroulements ou chignons, est déjà peignée avec soin; elle brille au grand jour, lorsque la tête en tournant déplace les boucles souples, lourdes, dont la masse noire retombe sur la soie blanche de l'épaule, tandis que la silhouette s'éloigne derechef vers le 5 fond de la pièce en longeant la cloison du couloir.

Le sous-main de cuir, dans l'axe du grand côté de la table, est fermé, comme d'habitude.[165] Dominant la surface de bois verni, au lieu de la chevelure, il n'y a plus que le calendrier des postes où seul le bateau blanc se détache de la grisaille, 10 sur la paroi en retrait.[166]

La chambre est maintenant comme vide. A... peut avoir ouvert sans bruit la porte du couloir et être sortie de la pièce; mais il demeure plus probable qu'elle s'y trouve toujours, hors du champ de vision, dans la zone blanche comprise entre 15 cette porte, la grande armoire et le coin de la table où un rond de feutre constitue le dernier objet visible. En plus de l'armoire, il n'y a qu'un meuble (un fauteuil) dans ce refuge.[167] Cependant l'issue masquée par laquelle il communique avec le couloir, le salon, la cour, la grand-route, 20 étend à l'infini ses possibilités de fuite.[168]

Le buste de A... s'encadre dans l'embrasure en perspective fuyante de la troisième fenêtre, sur le pignon ouest de la maison. Elle a donc dû, à un moment quelconque, passer devant le pied du lit, à découvert, avant de pénétrer dans la 25 seconde zone blanche entre la table-coiffeuse et le lit.

Elle est là, immobile, aussi bien depuis très longtemps. Son profil se découpe avec netteté sur un fond plus sombre. Ses lèvres sont très rouges; dire si elles ont été fardées—ou non—ne serait pas commode, puisque c'est de toute façon 30 leur teinte naturelle. Les yeux sont grands ouverts, posés sur la ligne verte des bananiers, qu'ils parcourent lentement en se rapprochant du pilier d'angle, dans une rotation progressive de la tête et du cou.

Sur la terre nue du jardin, l'ombre du pilier fait maintenant 35 un angle de quarante-cinq degrés avec l'ombre ajourée de

---

[165] **comme d'habitude** Où est le narrateur? A-t-il quitté son bureau?
[166] **en retrait** *Recessed.*
[167] **refuge** Pourquoi ce mot?
[168] **fuite** Pourquoi s'agit-il de fuite?

la balustrade, la branche ouest de la terrasse et le pignon de la maison. A... n'est plus à la fenêtre. Ni celle-ci ni aucune des deux autres ne révèle sa présence dans la pièce. Et il n'y a plus de raison pour la supposer dans l'une quelconque des trois zones blanches, plutôt que dans une autre. Deux 5 d'entre elles offrent d'ailleurs une sortie facile: la première vers le couloir central, la dernière vers la salle de bains, dont l'autre porte ramène ensuite au couloir, à la cour, etc... La chambre est de nouveau comme vide.

A gauche, au bout de cette branche ouest de la terrasse, 10 le cuisinier noir est en train de peler des ignames[169] au-dessus d'une bassine en tôle. Il est à genoux, assis sur ses talons, la bassine entre les cuisses. La lame brillante et pointue du couteau détache une étroite épluchure sans fin du long tubercule jaune, qui tourne sur lui-même d'un mouvement 15 régulier.

A la même distance, mais dans une direction perpendiculaire, Franck et A... sont en train de boire l'apéritif, renversés en arrière dans leurs deux fauteuils coutumiers, sous la fenêtre du bureau. «Ce qu'on est bien là-dedans!» Franck tient son 20 verre de la main droite, posé sur l'extrémité de l'accoudoir. Les trois autres bras son étendus pareillement le long des bandes de cuir parallèles, mais leurs trois mains s'appliquent par la paume contre le haut du montant, à l'endroit où le cuir se recourbe sur l'arête avant de s'achever en pointe, juste 25 au-dessous des trois gros clous à tête bombée qui le fixent au bois rouge.

Deux des quatre mains portent au même doigt le même anneau d'or, large et plat: la première à gauche et la troisième, qui enserre le verre tronconique à moitié rempli d'un liquide 30 doré, la main droite de Franck. Le verre de A... repose à côté d'elle sur la petite table. Ils parlent, à bâtons rompus, du voyage en ville qu'ils ont l'intention de faire ensemble, dans le courant de la semaine suivante, elle pour diverses' courses, lui pour se renseigner au sujet du nouveau camion 35 qu'il a projeté d'acquérir.

Ils ont déjà fixé l'heure du départ ainsi que celle du retour, supputé la durée approximative des trajets, calculé le temps dont ils disposeront pour leurs affaires. Il ne leur reste plus

[169] ignames   Quelle scène ces ignames vous rappellent-elles?

qu'à se mettre d'accord sur le jour qui conviendra le mieux.
C'est bien naturel que A... veuille profiter de l'occasion
offerte, qui lui permet sans déranger personne de faire la route
dans des conditions acceptables. La seule chose étonnante
serait, plutôt, qu'un arrangement semblable ne se soit pas 5
déjà produit dans des circonstances analogues, auparavant,
un jour ou l'autre.

Maintenant les doigts effilés de la seconde main jouent
avec les larges têtes nickelées des clous: la pulpe de la dernière
phalange de l'index, du médius et de l'annulaire passe et re- 10
passe sur les trois surfaces lisses et bombées. Le médius est
tendu, verticalement, suivant l'axe de la pointe triangulaire
du cuir; l'annulaire et l'index sont à demi repliés, afin
d'atteindre les deux clous supérieurs. Bientôt, à soixante centimètres sur la gauche, les trois mêmes doigts fins commencent 15
à se livrer au même exercice. Le plus à gauche de ces six
doigts est celui qui porte l'anneau.

«Alors Christiane ne veut pas venir avec nous? C'est
dommage...

—Non, elle ne peut pas, dit Franck, à cause de l'enfant. 20

—Sans compter qu'il fait nettement plus chaud sur la
côte.

—Plus lourd, oui, c'est vrai.

—Ça lui aurait pourtant changé les idées. Comment est-
elle, aujourd'hui? 25

—Toujours la même chose», dit Franck.

La voix grave du second chauffeur, qui chante une
monodie indigène, parvient jusqu'aux trois fauteuils groupés
au milieu de la terrasse. Quoique lointaine, cette voix est
parfaitement reconnaissable. Contournant la maison par ses 30
deux pignons à la fois, elle arrive aux oreilles en mêmes temps
par la droite et la gauche.

«Toujours la même chose», dit Franck. A... insiste,
pleine de sollicitude:

«En ville, elle aurait pu voir un médecin.» 35

Franck soulève sa main gauche du support de cuir tendu,
mais sans en détacher le coude, et la laisse ensuite retomber,
dans une chute plus lente, jusqu'à son point de départ.

«Elle en a déjà vu assez comme ça. Toutes ces drogues
qu'elle prend, c'est comme si elle... 10

—Il faut pourtant bien essayer quelque chose.

—Puisqu'elle prétend que c'est le climat!

—On parle de climat, mais ça ne signifie rien.

—Les crises de paludisme.

—Il y a la quinine . . .»   5

Cinq ou six phrases sont alors échangées sur les doses respectives de quinine nécessaires dans les différentes zones tropicales, selon l'altitude, la latitude, la proximité de la mer, la présence de lagunes, etc . . . Puis Franck revient aux effets fâcheux que produit la quinine sur l'héroïne du roman afri- 10 cain que A . . . est en train de lire. Il fait ensuite une allusion— peu claire pour celui qui n'a même pas feuilleté le livre—à la conduite du mari, coupable au moins de négligence selon l'avis des deux lecteurs. La phrase se terminait par «savoir attendre», ou «à quoi s'attendre», ou «la voir se rendre», «là dans sa 15 chambre», «le noir y chante», ou n'importe quoi.[170]

Mais Franck et A . . . sont déjà loin. Il est à présent question d'une jeune femme blanche—est-ce la même que tout à l'heure, ou bien sa rivale, ou quelque figure secondaire?— qui accorde ses faveurs à un indigène, peut-être à plusieurs. 20 Franck paraît sur le point de lui en faire grief:

«Quand même, dit-il, coucher avec des nègres . . .»

A . . . se tourne vers lui, lève le menton, demande avec un sourire:

«Eh bien, pourquoi pas?»   25

Franck sourit à son tour, mais il ne répond rien, comme s'il était gêné par le ton que prend leur dialogue—devant un tiers. Le mouvement de sa bouche s'achève en une sorte de grimace.

La voix du chauffeur s'est déplacée. Elle arrive maintenant 30 par le seul côté est; elle provient vraisemblablement des hangars, à droite de la grande cour.

Le poème ressemble si peu, par moment, à ce qu'il est convenu d'appeler une chanson, une complainte, un refrain, que l'auditeur occidental est en droit de se demander s'il ne 35 s'agit pas de tout autre chose. Les sons, en dépit d'évidentes reprises, ne semblent liés par aucune loi musicale. Il n'y a pas d'air, en somme, pas de mélodie, pas de rythme. On dirait

[170] **n'importe quoi**   Cette scène est-elle répétée exactement? Les variations sont-elles significatives?

que l'homme se contente d'émettre des lambeaux sans suite pour accompagner son travail. D'après les directives qu'il a reçues le matin même, ce travail doit avoir pour objet l'imprégnation de rondins neufs avec une solution insecticide, afin de les garantir contre l'action des termites avant de les 5 mettre en place.

«Toujours pareil, dit Franck.

—Encore des ennuis mécaniques?

—Le carburateur, cette fois-ci... Tout le moteur serait à changer.» 10

Sur la barre d'appui de la balustrade, un margouillat se maintient depuis son apparition dans une immobilité absolue: la tête dressés de côté vers la maison, le corps et la queue dessinant un S aux courbes aplaties.[171] L'animal a l'air empaillé. 15

«Il a une belle voix, ce garçon», dit A..., au bout d'un assez long silence.

Franck reprend:

«Nous partirons de bonne heure.»

A... réclame des précisions. Franck les donne et s'inquiète 20 de savoir si c'est trop tôt pour sa passagère.

«Au contraire, dit-elle, c'est très amusant.»

Ils boivent à petites gorgées.

«Si tout va bien, dit Franck, nous pourrions être en ville vers dix heures et avoir déjà pas mal de temps avant le 25 déjeuner.

—Bien sûr, je préfère aussi, répond A... dont la mine est redevenue sérieuse.

—Ensuite je n'aurai pas trop de tout l'après-midi pour terminer mes visites aux divers agents; et prendre aussi l'avis 30 du garagiste chez qui je vais toujours, Robin, vous savez, sur le front de mer. Nous rentrerons aussitôt après dîner.»

Les précisions, qu'il fournit sur son emploi du temps futur, pour cette journée en ville, seraient plus naturelles si elles venaient satisfaire quelque demande d'un interlocuteur; per- 35 sonne n'a pourtant manifesté le moindre intérêt, aujourd'hui, concernant l'achat de son camion neuf.[172] Et pour un peu il établirait à haute voix—à très haute voix—le détail de ses

[171] aplaties Cette forme en S vous rappelle-t-elle autre chose?
[172] personne ... neuf Qui donc est resté silencieux?

déplacements et de ses entrevues, mètre par mètre, minute par minute, en appuyant à chaque fois sur la nécessité de sa conduite.[173] A ..., en revanche, ne fait pas le plus petit commentaire quant à ses propres courses, dont la durée globale sera la même, cependant.   5

Pour le déjeuner Franck est encore là, loquace et affable. Christiane cette fois ne l'a pas accompagné. Ils se sont presque disputés, la veille, à propos de la forme d'une robe.[174]

Après l'exclamation habituelle, au sujet de la sensation délassante provoquée par le fauteuil, Franck se met à raconter, 10 avec un grand luxe de détails, une histoire de voiture en panne. C'est la conduite-intérieure qui est en cause, et non le camion; or, presque neuve encore, elle ne donne pas souvent d'ennuis à son propriétaire.

Celui-ci devrait, à ce moment, faire une allusion à l'inci- 15 dent analogue qui s'est produit en ville lors de son voyage avec A ..., incident sans gravité, mais qui a retardé d'une nuit entière leur retour à la plantation.[175] Le rapprochement serait plus que normal. Franck s'abstient de le faire.

A ... considère son voisin avec une attention accrue, 20 depuis plusieurs secondes, comme si elle attendait une phrase sur le point d'être prononcée. Mais elle ne dit rien, elle non plus, et la phrase ne vient pas. Ils n'ont d'ailleurs jamais reparlé de cette journée, de cet accident, de cette nuit—du moins lorsqu'ils ne sont pas seuls ensemble.   25

Franck récapitule à présent la liste des pièces à démonter pour l'examen complet d'un carburateur. Il s'acquitte de cet inventaire exhaustif avec un souci d'exactitude qui l'oblige à mentionner une foule d'éléments allant pourtant de soi; il va presque jusqu'à décrire le dévissage d'un écrou, tour après 30 tour, et de même ensuite pour l'opération inverse.

«Vous avez l'air très fort en mécanique, aujourd'hui», dit A ...

Franck se tait brusquement, au beau milieu de son discours. Il regarde les lèvres et les yeux, à sa droite, sur lesquels 35 un sourire tranquille, comme dépourvu de sens, a l'air éternisé

---

[173] **conduite** L'observateur est-il objectif ici?

[174] **robe** De quel déjeuner s'agit-il?

[175] **plantation** Selon vous, où cette scène se place-t-elle par rapport aux autres? Qu'est ce qu'elle semble indiquer?

par un cliché photographique. Sa propre bouche est demeurée
entrouverte, peut-être même au milieu d'un mot.

«En théorie, je veux dire», précise A... sans se départir
de son ton le plus aimable.[176]

Franck détourne les yeux vers la balustrade à jours, les 5
derniers îlots de peinture grise, le lézard empaillé, le ciel immobile.

«Je commence à avoir l'habitude, dit-il, avec le camion.
Tous les moteurs se ressemblent.»

Ce qui est faux, de toute évidence. Le moteur de son gros 10
camion, en particulier, présente peu de points communs avec
celui de sa voiture américaine.[177]

«Très juste, dit A...; c'est comme les femmes.»

Mais Franck paraît n'avoir pas entendu. Il garde les yeux
fixés sur le margouillat gris-rose—en face de lui—dont la 15
peau molle, sous la mâchoire inférieure, bat imperceptiblement.

A... termine son verre d'eau gazeuse dorée, le repose vide
sur la table et se remet à caresser du bout de ses six doigts les
trois gros clous à tête bombée qui garnissent chaque montant de 20
son fauteuil.

Sur ses lèvres closes flotte un demi-sourire de sérénité, de
rêve, ou d'absence. Comme il est immuable et d'une régularité
trop accomplie, il peut aussi bien être faux, de pure commande,
mondain, ou même imaginaire.[178]   25

Le lézard, sur la barre d'appui, est maintenant dans
l'ombre; ses couleurs sont devenues ternes. L'ombre portée du
toit coïncide exactement avec les contours de la terrasse: le
soleil est au zénith.

Franck, venu juste en passant,[179] déclare qu'il ne veut 30
pas s'attarder davantage. Il se lève en effet de son fauteuil et
pose sur la table basse le verre qu'il vient de finir d'un trait.
Il s'arrête avant de s'engager dans le couloir qui traverse la
maison; il se retourne à demi, pour saluer ses hôtes. La même

---

[176] **aimable** Qu'est-ce que ce petit dialogue semble insinuer?

[177] **américaine** Qui semble faire cette réflexion. A... est d'accord
avec lui. Est-ce un fait intéressant?

[178] **imaginaire** Quelle impression avons-nous de A...?

[179] **en passant** Ce détail nous apprend-il quelque-chose? Relevez dans
les pages qui suivent tous les indices que la situation a changé.

grimace, mais plus rapide, passe de nouveau sur ses lèvres. Il quitte la scène, vers l'intérieur.

A . . . ne s'est pas levée. Elle reste étendue dans son fauteuil, les bras allongés sur les accoudoirs, les yeux grands ouverts face au ciel vide. A côté d'elle, près du plateau chargé des 5 deux bouteilles et du seau à glace, repose le roman prêté par Franck, qu'elle lit depuis la veille, roman dont l'action se déroule en Afrique.

Sur la barre d'appui de la balustrade, le lézard a disparu, laissant à sa place un îlot de peinture grise qui affecte une 10 forme toute semblable : un corps étiré dans le sens des fibres du bois, une queue deux fois tordue, quatre pattes assez courtes et la tête tournée vers la maison.

Dans la salle à manger, le boy n'a disposé que deux couverts sur la table carrée : l'un vis-à-vis de la porte ouverte de 15 l'office et du long buffet, l'autre du côté des fenêtres. C'est là que A . . . s'assied, le dos à la lumière. Elle mange peu, selon son habitude. Durant presque tout le repas elle reste sans bouger, très droite sur sa chaise, les deux mains aux doigts effilés encadrant une assiette aussi blanche que la nappe, le 20 regard arrêté sur les restes brunâtres du mille-pattes écrasé, qui marquent la peinture nue devant elle.

Ses yeux sont très grands, brillants, de couleur verte, bordés de cils longs et courbes. Ils paraissent toujours se présenter de face, même quand le visage est de profil. Elle les 25 maintient continuellement dans leur plus large ouverture, en toutes circonstances, sans jamais battre des paupières.[180]

Après le déjeuner elle retourne dans son fauteuil, au centre de la terrasse, à gauche du fauteuil vide de Franck. Elle prend son livre, que le boy a laissé sur la table lorsqu'il en a ôté le 30 plateau ; elle cherche l'endroit où sa lecture a été interrompue par l'arrivée de Franck, au premier quart de l'histoire environ. Mais, ayant retrouvé la page, elle pose le volume ouvert, à l'envers, sur ses genoux, et demeure là sans rien faire, le dos appuyé en arrière contre les sangles de cuir. 35

De l'autre côté de la maison, on entend un camion chargé qui descend la grand-route, vers le bas de la vallée, la plaine et le port—où le navire blanc est amarré le long du wharf.

La terrasse est vide, toute la maison aussi. L'ombre portée

[180] **paupières** Qu'est-ce que ceci a d'étrange ?

du toit coïncide exactement avec les contours de la terrasse: le soleil est au zénith. La maison ne projette plus la moindre bande noire sur la terre fraîchement labourée du jardin. Le tronc des maigres orangers, de même, est cloué sur place.

Ce n'est pas le bruit d'un camion que l'on entend, mais 5 bien celui d'une conduite-intérieure, en train de descendre le chemin depuis la grand-route, vers la maison.[181]

Dans le battant gauche, ouvert, de la première fenêtre de la salle à manger, au centre du carreau médian, l'image réfléchie de la voiture bleue vient de s'arrêter au milieu de la 10 cour. A... et Franck en descendent en même temps, lui d'un côté, elle de l'autre, par les deux portières avant. A... tient à la main un paquet de très petite taille, de forme incertaine, qui s'efface par instant tout à fait, absorbé par un défaut du verre. 15

Les deux personnages s'approchent aussitôt l'un de l'autre, devant le capot de la voiture. La silhouette de Franck, plus massive, masque entièrement celle de A..., située par derrière, sur le trajet du même rayon. La tête de Franck s'incline en avant. 20

Les irrégularités de la vitre faussent le détail du geste. Les fenêtres du salon donneraient, du même spectacle, une vue directe et sous un angle plus commode: les deux personnages placés l'un à côté de l'autre.

Mais ils sont déjà séparés, marchant côte à côte vers la 25 porte d'entrée de la maison, sur le sol caillouteux de la cour. La distance entre eux est d'un mètre au moins. Sous le soleil exact de midi, ils ne projettent pas d'ombre à leur pied.

Ils sourient en même temps, du même sourire, quand la porte s'ouvre. Oui, ils sont en parfaite santé.[182] Non, ils n'ont 30 pas eu d'accident, juste un petit incident de moteur qui les a contraints de passer la nuit à l'hôtel, en attendant l'ouverture d'un garage.

Après un rapide apéritif, Franck, qui a grand hâte de retrouver sa femme, se lève et s'en va, dans son complet blanc 35 défraîchi par le voyage. Ses pas résonnent sur les carreaux du couloir.

A... se retire aussitôt dans sa chambre, prend un bain,

[181] **vers la maison** Séquence du retour d'A...,

[182] santé A qui répondent-ils et à quelle question?

change de robe, déjeune de bon appétit, retourne s'asseoir sur la terrasse, sous la fenêtre du bureau dont les jalousies, aux trois quarts baissées, ne permettent d'apercevoir que le haut de ses cheveux.

Le soir la trouve dans la même posture, dans le même 5 fauteuil, devant le même lézard en pierre grise. La seule différence est que le boy a rajouté le quatrième siège,[183] celui qui est moins confortable, fait de toile tendue sur des tiges métalliques. Le soleil s'est caché derrière l'éperon rocheux qui termine, à l'ouest, la plus importante avancée du plateau. 10

La lumière décroît rapidement. A..., qui ne voit plus assez clair pour continuer sa lecture, ferme son roman et le repose sur la petite table, à côté d'elle (entre les deux groupes de fauteuils: la paire qui est adossée au mur, sous la fenêtre, et les deux autres, dissemblables, placés de biais, plus près de la 15 balustrade). Pour marquer la page, le rebord de la jaquette vernie protégeant la couverture a été repliée à l'intérieur du livre, au premier quart environ de son épaisseur.

A... demande ce qu'il y a de nouveau, aujourd'hui, sur la plantation. Il n'y a rien de nouveau. Il n'y a toujours que 20 les menus incidents de culture qui se reproduisent périodiquement, dans l'une ou l'autre pièce, selon le cycle des opérations. Comme les parcelles sont nombreuses et que l'ensemble est conduit de manière à échelonner la récolte sur les douze mois de l'année, tous les éléments du cycle ont lieu en même temps 25 chaque jour, et les menus incidents périodiques se répètent aussi tous à la fois, ici ou là, quotidiennement.[184]

A... fredonne un air de danse, dont les paroles demeurent inintelligibles. C'est peut-être une chanson à la mode, qu'elle a entendue en ville, au rythme de laquelle peut-être elle a dansé. 30

Le quatrième fauteuil était superflu: il reste vacant toute la soirée, isolant encore un peu plus le troisième siège en cuir des deux autres. Franck est en effet venu seul. Christiane n'a pas voulu abandonner l'enfant, qui avait un peu de fièvre. Il n'est pas rare, à présent, que son mari arrive ainsi sans elle pour 35 dîner. Ce soir, pourtant, A... paraissait l'attendre; du moins

[183] **le quatrième siège** Pourquoi ce détail est-il troublant? Le comprenez-vous?

[184] **quotidiennement** Le discours indirect du mari a-t-il une portée sur les problèmes que pose le roman?

avait-elle fait mettre quatre couverts. Elle donne l'ordre
d'enlever tout de suite celui qui ne doit pas servir.

Bien qu'il fasse nuit noire maintenant, elle a demandé de
ne pas apporter les lampes, qui—dit-elle—attirent les moustiques. Seules se devinent, dans l'obscurité complète, les taches 5
plus pâles formées par une robe, une chemise blanche, une
main, deux mains, quatre mains bientôt (les yeux s'accoutu-
mant au manque de lumière).

Personne ne parle. Rien ne bouge. Les quatre mains sont
alignées en bon ordre, parallèlement au mur de la maison. De 10
l'autre côté de la balustrade, vers l'amont, il n'y a que le ciel
sans étoiles et le bruit assourdissant des criquets.

Au cours du dîner, Franck et A... font le projet de
descendre ensemble en ville, un jour prochain, pour des affaires séparées. Leur conversation revient à cet éventuel 15
voyage, après le repas, tandis qu'ils boivent le café sur la
terrasse.

Le cri plus violent d'un animal nocturne ayant signalé une
présence toute proche, dans le jardin même, à l'angle sud-est
de la maison, Franck se relève d'un mouvement rapide et se 20
dirige à grands pas de ce côté; ses semelles de caoutchouc ne
font aucun bruit sur les dalles. En quelques secondes, la
chemise blanche s'est effacée complètement dans l'obscurité.

Comme Franck ne dit rien et tarde à reparaître, A...,
croyant sans doute qu'il aperçoit quelque chose, se dresse aussi, 25
souple, silencieuse, et s'éloigne dans le même sens. Sa robe est
engloutie à son tour par la nuit opaque.

Au bout d'un temps assez long, aucune parole n'a encore
été prononcée à voix suffisamment haute pour franchir une
distance de dix mètres. Il pourrait aussi bien n'y avoir plus 30
personne dans cette direction.

Franck est parti maintenant. A... s'est retirée dans sa
chambre. L'intérieur de celle-ci est éclairé, mais les jalousies
sont bien closes: il ne filtre entre les lames, çà et là, que de
maigres traces de lumière. 35

Le cri plus violent d'une bête, aigu et bref, retentit à
nouveau dans le jardin en contre-bas, au pied de la terrasse.
Mais, cette fois, c'est du coin opposé, correspondant à la
chambre, que le signal[185] semblait provenir.

[185] **signal** Qu'est-ce que ce "signal" a l'air de suggérer?

Il est impossible évidemment de rien distinguer, même en avançant les yeux le plus possible, le corps penché à l'extérieur par-dessus la balustrade, contre le pilier carré, le pilier qui soutient l'angle sud-ouest du toit.

Maintenant l'ombre du pilier se projette sur les dalles, en travers de cette partie centrale de la terrasse, devant la chambre à coucher. La direction oblique du trait sombre indique, quand on le prolonge jusqu'au mur, la traînée rougeâtre[186] qui a coulé le long de la paroi verticale depuis le coin droit de la première fenêtre, la plus proche du couloir.

Il s'en faut d'un mètre, à peu près, pour que l'ombre du pilier, pourtant déjà très longue, atteigne la petite tache ronde sur le carrelage. De celle-ci part un mince filet vertical, qui prend de l'importance à mesure qu'il gravit le soubassement de béton. Il remonte ensuite, à la surface du bois, de volige en volige, s'élargissant de plus en plus jusqu'à l'appui de la fenêtre. Mais la progression n'est pas constante: la disposition imbriquée des planches coupe le parcours d'une série de ressauts équidistants, où le liquide s'étale davantage avant de poursuivre son ascension. Sur l'appui lui-même, la peinture s'est écaillée en grande partie, postérieurement à la coulée, supprimant la trace rouge aux trois quarts.[187]

La tache a toujours été là, sur le mur. Il n'est question de repeindre, pour l'instant, que les jalousies et la balustrade— cette dernière en jaune vif. Ainsi en a décidé A . . .

Elle est dans sa chambre, dont les deux fenêtres au midi ont été ouvertes. Le soleil en effet, très bas dans le ciel, chauffe déjà beaucoup moins; et quand, avant de disparaître, il éclairera directement la façade, ce ne sera que pour quelques instants, sous une incidence rasante, avec des rayons privés de force tout à fait.

A . . . se tient immobile, debout devant la table à écrire; elle est tournée vers la cloison; elle se présente donc de profil dans l'embrasure béante. Elle est en train de relire la lettre reçue d'Europe au dernier courrier. L'enveloppe décachetée forme un losange blanc sur la table vernie, à proximité du

[186] **rougeâtre**   Qu'est-ce que cette traînée rouge? Où est-elle?
[187] **quarts**   Quelle question est soulevée par ce renseignement?

sous-main de cuir et du stylo à capuchon d'or. La feuille de papier, qu'elle étale en la tenant à deux mains, porte encore la trace bien marquée du pliage.

Ayant terminé sa lecture, au bas de la page, A... pose la lettre à côté de son enveloppe, s'assoit sur la chaise, ouvre le 5 sous-main. De la grande poche de ce dernier, elle extrait une feuille de papier, du même format mais vierge, qu'elle place sur le buvard vert agencé à cette fin. Elle ôte alors le capuchon du stylo et penche la tête pour se mettre à écrire.

Les boucles noires et brillantes, libres sur les épaules, 10 tremblent légèrement tandis que la plume avance. Bien que le bras lui-même, ni la tête, n'aient l'air agités du moindre mouvement, la chevelure, plus sensible, capte les oscillations du poignet, les amplifie, les traduit en frémissements inattendus qui allument des reflets roux du haut en bas de la masse 15 mouvante.

Les propagations et interférences continuent à développer leurs jeux, lorsque la main s'est arrêtée. Mais la tête se redresse et commence à pivoter, lentement, sans à-coup, vers la fenêtre ouverte. Les grands yeux supportent sans cligner ce passage à 20 la lumière directe du dehors.

Tout en bas, au fond de la vallée, devant la parcelle taillée en trapèze où les rayons obliques du soleil découpent chaque panache, chaque feuille de bananier, avec une netteté extrême, l'eau de la petite rivière montre une surface plissée, 25 qui témoigne de la rapidité du courant. Il faut cet éclairage de fin du jour pour mettre ainsi en relief les chevrons successifs, les croix, les hachures, que dessinent les multiples rides enchevêtrées. Le flot s'écoule, mais la surface reste comme figée dans ces lignes immuables.   30

L'éclat, de même, en est fixe et donne à la nappe liquide un aspect plus transparent. Mais il n'y a personne pour en juger sur place, depuis le pont par exemple. Personne n'est visible, non plus, aux alentours. Aucune équipe n'a affaire dans ce secteur, pour le moment. La journée de travail est d'ailleurs 35 terminée.

Sur la terrasse, l'ombre du pilier s'est allongée encore. Elle a tourné en même temps. Elle atteint presque maintenant la porte d'entrée, qui marque le milieu de la façade. La porte est ouverte. Les carreaux du couloir sont ornés de hachures en 40 chevrons, comparables à celles du ruisseau, quoique plus régulières.

Le couloir conduit tout droit vers l'autre porte, celle qui donne sur la cour d'arrivée. La grosse voiture bleue est arrêtée au centre. La passagère en descend et se dirige aussitôt vers 5 la maison, sans être incommodée par le sol caillouteux, malgré ses chaussures à talons hauts. Elle est allée faire une visite à Christiane, et Franck l'a reconduite jusque chez elle.

Celui-ci est assis dans son fauteuil, sous la première fenêtre du bureau. L'ombre du pilier s'avance vers lui; après avoir 10 traversé en diagonale plus d'une moitié de la terrasse, longé la chambre sur toute sa largeur et dépassé la porte du couloir, elle arrive à présent jusqu'à la table basse où A... vient de déposer son livre. Franck ne fait qu'une brève halte avant de rentrer chez lui, ayant fini, lui aussi, sa journée. 15

Il est presque l'heure de l'apéritif et A... n'a pas attendu davantage pour appeler le boy, qui apparaît à l'angle de la maison, portant le plateau avec les deux bouteilles, trois grands verres et le seau à glace. Le chemin qu'il suit, sur les dalles, est sensiblement parallèle au mur et converge avec le trait 20 d'ombre au niveau de la table, ronde et basse, où il place le plateau avec précaution, près du roman à couverture vernie.

C'est ce dernier qui fournit le sujet de la conversation. Les complications psychologiques mises à part, il s'agit d'un récit classique sur la vie coloniale, en Afrique, avec description de 25 tornade, révolte indigène et histoires de club. A... et Franck en parlent avec animation, tout en buvant à petites gorgées le mélange de cognac et d'eau gazeuse servi par la maîtresse de maison dans les trois verres.

Le personnage principal du livre est un fonctionnaire des 30 douanes. Le personnage n'est pas un fonctionnaire,[188] mais un employé supérieur d'une vieille compagnie commerciale. Les affaires de cette compagnie sont mauvaises, elles évoluent rapidement vers l'escroquerie. Les affaires de la compagnie sont très bonnes. Le personage principal—apprend-on—est 35 malhonnête. Il est honnête, il essaie de rétablir une situation compromise par son prédécesseur, mort dans un accident de voiture. Mais il n'a pas eu de prédécesseur, car la compagnie

---

[188] **fonctionnaire** Suivez avec attention ce paragraphe. Qu'est-ce qu'il a de bizarre? Vous l'expliquez-vous?

est de fondation toute récente; et ce n'était pas un accident. Il est d'ailleurs question d'un navire (un grand navire blanc) et non de voiture.

Franck, à ce propos, se met à raconter une anecdote personnelle de camion en panne. A . . ., comme la politesse l'exige, 5 s'inquiète de détails prouvant l'attention qu'elle porte à son hôte, qui bientôt se lève et prend congé, afin de regagner sa propre plantation, un peu plus loin vers l'est.

A . . . s'accoude à la balustrade. De l'autre côté de la vallée, le soleil éclaire de ses rayons horizontaux les arbres 10 isolés qui parsèment la brousse, au-dessus de la zone cultivée. Leurs ombres très longues barrent le terrain de gros traits parallèles.

La rivière, au creux de la vallée, s'obscurcit. Déjà le versant nord ne reçoit plus aucun rayon. Le soleil, à l'ouest, s'est caché 15 derrière l'éperon rocheux. A contre-jour, la découpure de la paroi de pierre se détache un instant avec précision sur un ciel violemment éclairé : une ligne abrupte, à peine bombée, qui se raccorde au plateau par une saillie en pointe vive, suivie d'un second ressaut moins accentué. 20

Très vite le fond lumineux est devenu plus terne. Au flanc du vallon, les panaches des bananiers s'estompent dans le crépuscule.

Il est six heures et demie.

La nuit noire et le bruit assourdissant des criquets 25 s'étendent de nouveau, maintenant, sur le jardin et la terrasse, tout autour de la maison.

TABLE

BIBLIOGRAPHY

Robbe-Grillet, Alain. "Une Voie pour le roman futur," *NRF* (juillet 1956) ["A Fresh Start for Fiction," *Evergreen Review,* Vol. 1, No. 3].

———. "Nature, humanisme, tragédie," *NRF* (octobre 1958) ["Old Values and the New Novel," *Evergreen Review,* Vol. 3, No. 9].

Morrissette, Bruce. "New Structure in the Novel: *Jealousy,* by Alain Robbe-Grillet," *Evergreen Review,* Vol. 3, No. 10.

———. "De Stendhal à Robbe-Grillet: Modalités du *point de vue.*," *Cahiers de l'Association internationale des études françaises,* No. 14 (mars 1962).

———. *Les Romans de Robbe-Grillet.* Paris: Editions de Minuit, 1963.

Pingaud, Bernard *et. al.,* "Alain Robbe-Grillet" dans Ecrivains d'aujourd'hui: 1940–1960. Paris: Grasset, 1960.

A consulter également:

"Midnight Novelists," *Yale French Studies,* No. 24 (*consacré aux jeunes romanciers*).

Esprit (août 1958) (*numéro spécial sur le "nouveau roman"*).

VOCABULARY

Omitted from this vocabulary are approximately the first 2,000 words of the *Word Frequency Dictionary* (compiled by Helen S. Eaton, New York, Dover Publications, 1961) and most close cognates.

A

abattre to fell, to cut; s'——— to fall, to sweep down (**sur** on)

abîmer to spoil

aberrant aberrant

absorber to drink

acajou *m.* mahogany

accaparer to monopolize

accentué pronounced

accolade *f.* bracket

accoler to bind togther

s'accomoder de to put up with; to bear

accoster to berth (*ship*)

accoudoir *m.* elbow rest

accroître to increase

accroupi crouching

accru see **accroître**

accusé pronounced, emphatic

achat *m.* purchase

s'achever to end

à-coup *m.* jerk

actionner to prime

adossé with one's back against

aérien aerial

affecter to assume, to take on (*shape*); ——— **à** to assign to

affermir to strengthen

affleurer to crop out, to come to the surface

agencer to arrange, to dispose

agrafe *f.* clasp

agrandir to magnify

agrémenter to embellish

aisance, f. ease

aisé easy
aigu shrill
aiguille *f.* needle
ajouré perforated
ajusté close-fitting (*clothes*)
aléa *m.* chance occurrence
alentours, aux ——— around, in the vicinity
aller de soi to be understood
alimenter to nourish, to feed
allure *f.* gait, appearance, speed
amarrer to moor
ambulant itinerant; opérateur ——— sidewalk photographer
s'amenuiser to shrink, to taper off
amincir to thin
amont *m.* upstream, uphill; en ——— above
amorcer to begin
amortir to absorb, to deaden (*shock*)
amortisseur *m.* shock absorber
amovible detachable
amplitude *f.* extent
analogue similar
anneau *m.* ring, joint
annulaire *m.* ring finger
anodin harmless
anse *f.* handle
apéritif *m.* cocktail
aplatir to flatten
appendice *m.* appendage
appliquer to apply, to press
appontement *m.* gangplank
appui *m.* ledge; barre d'——— handrail
s'appuyer sur to lean on
arborer to hoist, to flash (*smile*)
arbre *m.* axle
araignée *f.* spider
arête *f.* fishbone, edge, ridge

armoire *f.* wardrobe
arquer to bend
arrière behind, backwards; marche ——— reverse gear
arrondi *n.m.* knoll, rounded part; *adj.* rounded
article *m.* article, joint
articulation, point d'——— joint
aspérité *f.* roughness
assiette *f.* plate
s'attarder to linger, to waste time
s'atténuer to diminish, to grow softer
attirant attractive
auditif auditory
auparavant previously
autre other; de temps à ——— from time to time
aval downstream, downhill
avancée *f.* projection

B

bâche *f.* tarpaulin
bâcher to cover with a tarpaulin
baguette *f.* rod
bâiller to gape, to be ajar
balayer to sweep away
ballant hanging (*arms*)
ballot *m.* bale
balustrade *f.* railing; ——— à jours open-work balustrade
balustre *m.* baluster; *pl.* banisters
bananeraie *f.* banana plantation
bananier *m.* banana tree
bande *f.* strip
barbe *f.* whisker, fluff
barre d'appui handrail

bascule *f.* rocker; **mouvement de ——** rocking motion
basculer to sway
bas-fond *m.* low ground
bassine *f.* pan
bâton *m.* stick; **à bâtons rompus** desultorily
battant *m.* leaf (*of door, shutter*)
bavure *f.* smudge, blur
béant open, gaping
belle, de plus —— more than ever; with renewed vigor
bénéfice, faire un —— to get a bargain
bercement *m.* swaying
bercer to rock; **se —— to sway**
berge *f.* bank
besogne *f.* task
bestiole *f.* small beast
béton *m.* concrete
biais, de —— at an angle; en —— diagonally
biseau, en —— beveled
bois *m.* wood, log; **petit —— crosspiece**
boisson *f.* drink
bombé bulging
bord *m.* edge; **extrême —— outer edge**
bordé edged
border to run along (*a wall, etc.*)
bouchée *f.* mouthful
bouchon *m.* cork, stopper; **rouler en —— to wad into a ball**
boucle *f.* curl
boueux muddy
bouillie *f.* pulp
bouquet *m.* clump (*of vegetation*)
bourdonner to buzz

bouton *m.* button; cuff link
branche *f.* branch, side, part
briller to gleam
briser to break
broncher to stir, to budge
brosse *f.* brush
brouillé jumbled, tangled
brousse *f.* brush, bush, jungle
brunâtre brownish
brusquerie *f.* abruptness
buccal buccal, of the mouth
buée *f.* vapor; film
buffet *m.* sideboard
bulle *f.* bubble
buter contre to touch, to knock against
buvard *m.* blotter

C

cadre *m.* frame
cahot *m.* jolt
caillouteux stony, pebbly
camion *m.* truck
camionnette *f.* small truck
cannelure *f.* groove, corrugation
caoutchouc *m.* rubber
capot *m.* hood
capuchon *m.* cap
caractère *m.* character, letter
carnassier *m.* carnivore
carré *m.* square
carreau *m.* pane
carrelage *m.* tiling, tiles
carrossable carrigeable
carrosserie *f.* body (*of car*)
carter *m.* crankcase
case *f.* compartment, tray
casier *m.* pigeonhole
casque *m.* helmet
casse croûte *m.* snack
cassure *f.* fall, crevice

cause, mettre en ———— to question
céder to yield
censé, être ———— de to be supposed to
cerner to encircle; to surround
chambranle m. window sash
chambre à air inner tube
chance f. chance; luck; pas de ———— tough luck
chargement m. cargo
charpente f. structure
chauffer to heat, to be warm
chaussée f. road, roadway
chauve-souris f. bat
chevaucher to ride, to overlap
chevelure f. hair
chevron m. chevron, rafter
chiffre m. number
chignon m. coil, knot (of hair)
choc m. shock, impact, chink
choir to fall
cicatrice f. scar
ciller to blink
cintrer to center
claquement m. clatter
classeur m. file
cliché m. shot (photo)
cligner to blink
cloison f. partition
clore to close
clouer to nail
coiffeuse f. dressing table
col m. collar
coléoptère m. beetle
collant close-fitting (dress)
coller to stick
combustible m. fuel
commande, sourire de ———— forced smile
commode adj. easy; n.f. chest (of drawers)
commodément easily, readily
commodité f. comfort

commun common, mutual
complet adj. complete; au ———— complete, full; n.m. suit
comportement m. behavior
comptage m. count(ing)
compte m. account; entrer en ligne de ———— to enter into account
concession f. concession; plantation
concessionaire m. sales agent
conducteur m. driver
conduit m. tube
conduite-intérieure f. sedan
confectionner to make
congénère of a kind
conserver to keep
constellé studded, dotted
contenance, faire bonne ———— to put up a good show, to keep smiling
se contenter de to merely (plus verb), to be satisfied with
conteste, sans ———— incontestably
continuité f. continuity; solution de ———— break, interruption
contour m. outline
contourner to go around, to come around
contre-bas, en ———— below
contre-jour, être placé à ———— to be placed with one's back to the light
contremaître m. foreman
convenable proper
convenir to suit, to fit, to agree
convenu appointed (time); conventional
convive m. guest
convulsé contorted, twisted
coque f. prow

corpuscule *m.* small body
côte *f.* side, rib; côte à côte
side by side
côté *f.* side; **chacun de son**
———— separately
couche *f.* layer
coude *m.* elbow
coudre (*p.p.* cousu) to sew
coulisser to slide in a groove
couloir *m.* hallway
coup *m.* blow; ———— **sur**
———— in rapid succession
coupe *f.* cutting, harvesting
coupure *f.* cut, halt, break
courant *m.* course; *adj.* cur-
rent; **de taille courante** of
standard size
courbure *f.* curve, bend
courrier *m.* post
cours, en ———— de route in
the course of, on the way; **en**
———— in progress
cours d'eau stream
course *f.* errand
coussin *m.* cushion
cousu see **coudre**
coutumier customary
couvercle *m.* cover
couvert *m.* place (*at table*);
à ———— undercover, secretly
couvre-chef *m.* headgear
craie *f.* chalk
se craqueller to crack
crémone *f.* casement bolt
crépitement *m.* crackle
crépiter to crackle
crépuscle *m.* twilight
crête *f.* crest
creuser to hollow out, to furrow
creux hollow
crevaison *f.* puncture
crin *m.* thread
criquet *m.* cricket

se **crisper** to contract, to
clench
crissement *m.* grating
crochet *m.* hook, detour
croisée *f.* casement window
croissant *m.* crescent
crosse *f.* curve, crook
cru garish (*light*)
cruche *f.* jug, pitcher
crue *f.* rising, swelling (*of
river*)
cuillère *f.* spoon
cuisse *f.* thigh
culture *f.* cultivation
curviligne curvilinear, curved
cuve *f.* tray, bucket

D

dalle *f.* flagstone
déboucher to uncork, to open
(**sur** onto)
déborant, toit ———— over-
hanging roof
débit *m.* delivery
décacheter to open (*letter*)
décelable perceptible
déceler to discover, to make
out
décidé decisive
décoller to disengage; **se**
———— to come unstuck
découpage *m.* cutting up
découvert, à ———— exposed,
showing
décrocher to unhook
décroître to decrease, to fade
(*sound*)
déduction subtraction
défectueux defective
définitive, en ———— in the
end, in the long run

défraîchi faded, wrinkled

défricher to clear (land)

dégager to reveal, to clear (land)

déglutir to open one's throat (to swallow)

degré m. degree; par degrés by stages

délassant relaxing

délavé faded

demande f. request

démarche f. gait

démarrage start, getaway

démesuré disproportionate

demi-bas m. knee-length socks

démonter dismantle

dénombrement m. enumeration

dénouement m. outcome

se dénouer to come undone

se départir de to abandon

dépasser to go beyond, to run past

dépeint paint-flaked

dépit m. spite

déplacement m. movement, trip

déplacer to move; se ——— to move, to shift

déplier to unfold, to straighten

déployer to unfold

dépression m. depression, valley

derechef once again, anew

dérision f. mockery

déroulement m. outcome

dérouler to pay out, to run out (rope)

déroutant confusing

désespéré desperate

deshabillé m. dressing gown

désigner to indicate

désolé sorry

désormais now

desservir to serve, to supply, to clear (table)

dessin m. drawing, sketch

dessiner to draw, to sketch; se ——— to be outlined

dessous-de-plat m. place mat

dessus, prendre le ——— to gain the upper hand

destiner to intend (something for someone)

se détacher contre to be outlined against

dévisager to stare, to gaze at someone

dévissage m. unscrewing

discontinu discontinuous

disjoindre to spread, to separate

dispos in good form, mood

disposer to place, to set out, to arrange

se disputer to quarrel

disque m. record

dissimuler to conceal

distordre to distort

distraire to divert

dominer to stand above, to look over

donner sur to lead to, to look out into

dossier m. back (of seat)

douane f. customs

doubler to double, to repeat, to pass

douche f. shower

drap m. sheet

dresser to raise; ———l'oreille to prick up one's ears; se ——— to rise

drogue f. drug

droit straight; col ——— high collar

durée f. duration, period of time

E

ébaucher   to beging, to sketch out

écaille *f.*   scale, shell

s'écailler   to flake off

écailleux   scaly

écart *m.*   shift, deviation; à l' —— to the side; faire un —— to step aside, to deviate

écarter   to spread, to remove

échafauder   to construct (*system*)

échancrure *f.*   nick, indentation

échapper   to escape

échelle *f.*   scale

échelonner   to stagger

écheveau *m.*   skein

échouer   to run aground

éclairage *m.*   lighting

éclaircir   to clear up

éclat *m.*   shine, brilliance, burst, sputter

éclatant   dazzling, vivid

écorcer   to remove the bark

écraser   to crush; s' —— to crash

écume *f.*   foam

effaroucher   to frighten

effilé   tapering

s'effondrer   to collapse

également   too, also

élargir   to widen

élytre *f.*   wing sheath

émail *m.*   enamel

embarcation *f.*   craft (*seagoing*)

embardée *f.*   skid; faire une —— to skid

emboîté   fitted (*into something*)

embranchement *m.*   junction, fork

embrasure *f.*   window frame

empaillé   stuffed

s'emparer de   to take

empierrement *m.*   pavement

empiler   to stack, to pile up

emplacement *m.*   location, spot

emplette *f.*   purchase

emplir   to fill

emploi du temps *m.*   schedule

empreinte *f.*   print, imprint

emprunter   to borrow

encadrer   to frame, to enclose

s'enchaîner   to follow one another

enchevêtrement *m.*   entanglement

encombré   cluttered

encombrer   to encumber, to be on someone's neck

enduire   to coat

enduit *m.*   paint

enfilade *f.*   series, row; prendre en —— to rake

s'enfler   to swell, to rise

s'engager dans   to enter, to turn into

engloutir   to engulf

enjoué   playful

ennui *m.*   worry, trouble

ennuyé   annoyed, angry

enregistrer   to perceive

s'enrouler   to coil

ensoleillé   sunny

entaille *f.*   notch, nick

entamer   to nick, to cut into

entasser   to pile up

entrain *m.*   zest, enthusiasm

entraîner   to sweep along

entrebaîllé   ajar, half-open

entrecroisé   intersecting

entrecroisement *m.*   crisscrossing

entrouvrir   to half-open

evahir   to invade

enveloppe *f.* outer tube

envers *m.* back; à l'—— in reverse

épaisseur *f.* thickness

épars scattered

épave *f.* wreck, flotsam

éperon *m.* spur

épingle *f.* pin

épluchure *f.* peel

épuiser to exhaust

équipe *f.* crew

escroquerie *f.* swindle

espadrille *f.* canvas shoe

esplanade *f.* esplanade, court-yard

esquisser to sketch, to outline; —— une moue to make a face

essaim *m.* swarm

essence *f.* gasoline; **lampe à gaz** d'—— kerosene lamp

estimer to consider

estomper to blur; s'—— to become blurred, hazy

étaler to spread; s'—— to spread, to flatten out

s'éteindre to die

étendue *f.* extent, area

eterniser to fix forever

étonnant astonishing, good, great

étouffé muffled

étourdissant deafening, ear-splitting

étrave *f.* stem

évanouissement *m.* disappear-ance

s'évaser to flare out

éventuel possible

évidemment obviously, of course

exemplaire *m.* specimen, copy

exigence *f* demand, insistence

extrémité *f.* edge

F

fabrication *f.* manufacture

face *f.* surface, side; de —— fullface; en —— opposite

fâcheux troublesome; **effet** —— ill effect

faisceau *m.* bundle

falloir to be lacking; **peu s'en faut** very nearly

farder to make up (*with cos-metics*)

favoriser to favor

fendillement *m.* fissuring

fente *f.* crack

fermeté *f.* firmness

fermeture *f.* fastener, zip

feston *m.* garland

feuillage *m.* foliage

feuilleter to leaf through

feutre *m.* felt

feutrer to cover with felt; **à pas feutrés** with velvet tread

ficelle *f.* string

fictif imaginary

fiction *f.* fabrication, supposi-tion

figurer to appear

filer to run (*stocking*); **maille filée** a run

filet *m.* thread

filin *m.* rope

fixer to settle, to stare at; **se** —— **sur** to settle on

flacon *m.* bottle, flask

flairer to sense

flanc *m.* side, slope

flaque *f.* patch

flot *m.* wave, tide

flou hazy, blurred

foncé dark

fond *m.* background

fort de on the strength of

fortune, de —— makeshift

fraîcheur *f.* coolness
frais fresh, cool; de fraîche date recent(ly)
frais *m. pl.* expenses; faire les —— de la conversation to be the subject of the conversation
franchir to cross
franger to fringe
fredonner to hum
frigo *m.* (*slang*) refrigerator, fridge
front de mer waterfront
fronton *m.* pediment
fuite *f.* flight, perspective
fuyant receding

G

gagner to gain; se laisser —— to let oneself be caught up
garantir to safeguard
se garder de to take care not to, to avoid
garnir to provide (de with), to line, to fill
garniture *f.* trimming
gauchir to warp, to spoil
gaz *m.* gas
gazeux carbonated
gésir to lie
gigantesque enormous
gisent see gésir
glauque blue-green
global total
gomme *f.* eraser
gond *m.* hinge
gonfler to swell
gorgée *f.* mouthful, gulp
goudron *m.* tar
gratter to scratch
grave low, deep (*sound*)

gravité *f.* gravity, importance
grêle slender
grésillement *m.* crackling sound
grief, faire ——à quelqu' un de quelque chose to hold something against someone
grincer to squeak
grisaille *f.* gray tint
grisâtre grayish
grisé intoxicated
grognement *m.* growl
grossier coarse
guetter to watch, listen for

H

hachuré crisscrossed
hanche *f.* hip
hangar *m.* shed
harmonique *m.* overtone
hasard *m.* chance, coincidence; au —— at random
hauteur *f.* height; à la —— du regard at eye-level; dans le sens de la —— vertically, [p. 62] set one above the other; prendre de la —— to rise, to climb
hérissé bristling (de with)
se heurter contre to bump into
histoire *f.* incident
hocher la tête to nod
hôte *m.* guest
houle *f.* swell (*of sea*)
huiler to oil
humeur *f.* mood; d'—— agréable in a good mood

I

îlot *m.* small island
imbriqué imbricated, overlapping

impair odd (*as opposed to even*)

s'imposer to become apparent

imprécisable unspecifiable

incendie *m.* fire

incidence *f.* incidence (*angle at which one body strikes another*)

inclinaison *f.* gradient, incline, angle

incommoder to bother

incrusté inlaid

inculte uncultivated

incurvation *f.* bend

incurver to bend

indélébile indelible

index *m.* index finger

indication *f.* instruction

indigène native

inégal uneven

inférieur lower

infime tiny

s'infléchir vers to twist toward

informe shapeless

igname *f.* yam

inhabituel unaccustomed

inquiet anxious

inscrire dans inscribe in, contain

insouciant unconcerned, casual

intercaler to insert

intrigue *f.* plot

inusité unusual

issu de coming from

issue *f.* exit

ivoire *m.* ivory

J

jaillir to spring up, to flash up

jalonner to mark, to punctuate

jambage *m.* stroke (*of letter*)

jaunâtre yellowish

jetée *f.* pier

jeu, entrer en ——— to take effect

jouet *m.* toy

jour *m.* daylight, aperture; balustrade à jours openwork balustrade; en plein ——— in broad daylight

jupe *f.* skirt

juste just; tout ——— just barely

justice, en ——— in court

L

labour *m.* plowing

labourer to plow

lâche loose

lagune *f.* lagoon

lambeau *m.* fragment

lame *f.* blade, slat, lath

lamelle *f.* strip

lampe à gaz d'essence kerosene lamp

laps *m.* lapse

large *m.* open sea

largement widely

largeur *f.* width

las tired, weary

latte *f.* lath

lavabo *m.* washbowl

lever du jour daybreak

lézard *m.* lizard

lié tied, related

lieu, donner ——— to give rise

limite *f.* border, edge

lin *m.* flax; huile de ——— linseed oil

liseré *m.* border, edge

lisse smooth

lisser to smooth out

livraison *f.* delivery
livrer to reveal; se ——— à to indulge in, to be busy with
longue, à la ——— in the long run
longer to run along (*a wall, etc.*)
loquace talkative
losange *m.* rhombus
lueur *f.* glow, gleam
luisant shiny
luxe *m.* wealth

M

machinal mechanical
mâchoire *f.* jaw, mandible
maculer to stain
maille *f.* mesh; ——— filée run (*stocking*)
maintenir to hold together
maîtresse, pièce ——— important part (*of engine*)
manche *f.* sleeve
manche *m.* handle
manchon *m.* gas mantle
manoeuvre *f.* driving (*of machines*)
manoeuvre *m.* laborer
maquillage *m.* make-up
marche *f.* step, walking, functioning; ——— arrière reverse gear
marge *f.* margin
margouillat *m.* lizard
marque *f.* make (*of car*)
masquer to cover
mat dull
matinal morning (*hour, breeze, etc.*), early
mécanique *f.* mechanism
mèche *f.* lock

méconnaissable unrecognizable
médian median, central
médiative *f.* line bisecting a straight object at a right angle
médius *m.* middle finger
mélange *m.* mixture
même same; il en va de ——— the same is true
ménagement *m.* care
menton *m.* chin
menu trifling, minor, shrill
mère, surface ——— main surface
mesure, à ——— que as
mi-cuisses, à ——— halfway up the thighs
midi *m.* noon, south
mi-hauteur, à ——— halfway up
mille-pattes *m.* centipede
mine *f.* look, expression
minutieux painstaking
moignon *m.* stump, stub
molesquine *f.* imitation leather
mollesse *f.* softness, slackness
mollet *m.* calf (*of leg*)
moment, du ——— que once that, seeing that
monodie *f.* lament (*song*)
montant *m.* stile (*of door, window*)
montée *f.* rise, hill
mortel deadly
motte de terre clod
motiver to cause, bring about
moulure *f.* molding
moustiquaire *f.* mosquito net
moustique *m.* mosquito
mouvant shifting
moyen average
munir to furnish, to fit
muretin *m.* low wall
mutisme *m.* silence

N

nacre *f.* mother-of-pearl
naissance *f.* birth; **prendre** ———— to begin
nappe *f.* tablecloth, surface
nasillard nasal
natte *f.* mat
net clear, distinct
nettement distinctly
niveau *m.* level
noirâtre blackish
noir *m.* a blank
noircir to blacken
nourri, peu ———— faint
nouvelle *f.* news; **prendre des nouvelles** to ask after, to inquire
nuque *f.* nape of the neck

O

objectif *m.* lens
obliquer to turn
office *f.* pantry
ondulant undulating
ondulation *f.* wave
ongle *m.* nail (*finger*)
opérateur ambulant sidewalk photographer
opérer to effect, to perform
oranger *m.* orange tree
ordonnance *f.* arrangement
ordinaire usual
orner to adorn
ossature *f.* frame
oeuvre, mettre en ———— to bring into play
ourlet *m.* hem, rim
outil *m.* tool
outre, en ———— furthermore, moreover

P

pair even (*as opposed to odd*); **ligne d'ordre** ———— even row
pâlissant fading (*light*)
paludisme *m.* malaria
pan *m.* section
panache *m.* tuft, cluster
panne *f.* breakdown, engine trouble
panneau *m.* panel
papillon *m.* butterfly
parcelle *f.* plot, patch (*of land*)
parcours *m.* road, trip
paroi *f.* wall, side
parsemer to dot, to sprinkle
passer to fade
passerelle *f.* bridge
passage, de ———— passing through
patte *f.* flap; ———— **d'épaule** shoulder strap
paume *f.* palm (*of hand*)
paupière *f.* eyelid
pédonculé taillike
peigne *m.* comb
peigner to comb
peine, à ———— barely
peinture *f.* painting
peler to peel
pelote *f.* ball (*of yarn*)
pelucheux downy
pêne *m.* latch
pénombre *f.* semidarkness
pente *f.* slope
perçant shrill
percer to perforate
perdu lost; **profil** ———— faint profile
péripéties *f. pl.* adventures, ups and downs
pied *m.* bole, stem
piètre wretched

pignon *m.* gable, gable-end
pile *f.* flashlight
pilier *m.* column
piqûre *f.* stitching
pirogue *f.* canoe
piste *f.* track, road
piston de pompage pump valve
piton *m.* screw
pivoter to pivot, to turn
phalange *f.* finger joint
phare *m.* headlight
phrase *f.* sentence
plain-pied, de ———— avec on a level with
plaisanterie *f.* joke
plaisir, à ———— as one wishes, as much as one desires
plan *m.* plane
planche anatomique anatomical drawing
plancher *m.* floor
planer to soar
plant *m.* plantation; ligne de plants planted row
plaque *f.* plate, panel, patch
plateau *m.* tray, plateau
plein *m.* downstroke (*of letter*)
pli *m.* fold, wrinkle
pliage *m.* folding
plier to bend, to fold
plinthe *f.* baseboard
plisser to wrinkle
pneu *m.* tire
pochette *f.* pocket
pochoir *m.* stencil
poignet *m.* wrist, cuff; ———— à revers French cuff
point, sur le ———— de on the verge of
pointe *f.* tip
pointiller to dot, to stipple
polissage *m.* polishing
pommelle *f.* sheathing
ponçage *m.* rubbing, scraping

portée *f.* range, reach
porte-fenêtre *f.* French door
porter sur to refer to; la discussion porte sur le même sujet the discussion turns to the same subject
portière *f.* door (*of car*)
posté placed, stationed
potage *m.* soup
poulie *f.* pulley
pousse *f.* growth
poussé extensive
poussiéreux dusty
poutrelle *f.* beam
praticable feasible
précaution, avec ———— carefully
préciser to specify
précision *f.* precision; *pl.* details, particulars
pression *f.* pressure
prétendu supposed
prêter to lend, to attribute
prise *f.* hold
proche near
se profiler to be outlined or silhouetted
profondeur *f.* depth
progressivement gradually
proie *f.* prey
projeter to plan, to cast (*shadow*)
se propager to spread
proprement dit proper
propreté *f.* cleanness
provoquer to produce
prunelle *f.* pupil
pulpe *f.* pad (*of finger or toe*)
punaise *f.* thumbtack

Q

quel, à ———— mesure
quant à as to

quinconce *m.* quincunx; **en** ——— in alternate rows
quotidiennement daily

R

rabaisser to lower, to bend
raboteux rough, bumpy
raccord *m.* mending
raccorder to link; **se** ——— **à** to join
raccourci foreshortened
raccourcissement *m.* shortening, foreshortening, reduction
raide stiff
raie *f.* part (*hair*)
raison, à plus forte ——— all the more
ralentir to slow down
rallonge, système de ——— extension system, extra leaves (*table*)
rallumage *m.* relighting
ramener to bring back, to move back
rangée *f.* row
rangement *m.* arranging, setting in order
se ranimer to reawaken
rapiécer to patch up
rappeler to remind
rapport *m.* relation
rapprochement *m.* comparison
rare rare, sparse, scanty
ras, au ——— **de** even with, flush with
raser to graze, to hug (*wall, etc.*)
rassembler to gather
rayonnage *m.* shelf, shelving
rayonnement *m.* radiation
rayure *f.* striped effect
rebord *m.* edge, flap, outcrop
rebroussement *m.* retracing

rechange *m.* replacement
réchauffer to heat
réclamer to ask for
recourbé curved
récolte *f.* crop, harvest
récolter to harvest
rectiligne straight
recul, prendre du ——— to move back, to lean back
se redresser to straighten up
réduire to reduce
réellement actually
reflet *m.* reflection, glint
réfracter to refract
régime *m.* stem (*of bananas*)
réglage *m.* adjustment
rejet *m.* shoot (*of plant*)
relever to lift, to raise, to turn up
remaillage *m.* mending
remettre to put off
remplacement *m.* replacement
remou *m.* eddy
rencontre *f.* meeting
renflement *m.* bulge, swell
rentrant receding
renverser to upset, to tip over
renvoyer to send back, to reflect
se répercuter to be reflected
replier to bend
repos *m.* rest; **fauteuil de** ——— armchair
repousser to push back, to close
reprendre to take again, to take back, to mend; **s'y** ——— **à plusieurs fois** to make several attempts
reprise *f.* repetition, reprise (*musical*); **à plusieurs reprises** several times
résistance *f.* toughness (*of materials*)

résonner to resound, to echo
se résoudre à to decide to
ressaut *m.* projection
ressortir to appear, to stand out
reste, du ——— besides
retarder to delay
retentir to resound, to ring out
rétine *f.* retina
retombée *f.* falling down
retrait, en ——— recessed, set back
rétrécir to narrow, to contrast
réunion *f.* converging
revanche, en ——— on the other hand
revers see **poignet**
revêtement *m.* revetment
revêtir de to cover
rictus *m.* grimace
rigide motionless
rigoureusement harshly, directly
risquer to run the risk
rive *f.* bank
rocheux rocky
rôle, à tour de ——— in turns
rompre to break; **à batons rompus** desultorily
rond *m.* circle
rondelle *f.* small circle
rondin *m.* log
ronflement *m.* snoring, hum
ronronnement *m.* rumble
rosace *f.* rosette
rosée *f.* dew
rotation *f.* turning
rouge *m.* lipstick
rougeâtre reddish
roussi scorched
route, en cours de ——— in the course of; on the way
roux, rousse red
ruban *m.* ribbon
rugueux rough

S

saccadé jerky, abrupt
saillant protruding
saillie *f.* protrusion; **en** ——— protruding; **faire** ——— **sur** to rise above
saler to salt
salissure *f.* stain
sangle *f.* thong
saut *m.* leap
savant skillful
scarabée *m.* beetle
scène, rentrer en ——— return to view
scie *f.* saw; **en dents de** ——— serrated
scolopendre *f.* Scolopendra
scutigère *f.* common Scutigera
seau *m.* bucket
sein *m.* midst
séjour *m.* stay; **salle de** ——— living room
semelle *f.* sole
sens *m.* direction; ——— **inverse** opposite direction
sensible noticeable, perceptible
sensiblement appreciably, perceptibly
sergé twilled
serré close-set
serviette *f.* napkin
servir to be used
seuil *m.* threshold
siège pliant folding chair
sifflement *m.* hissing
signaler to indicate
significatif significant
signification *f.* meaning
sillon *m.* furrow, crease, groove
socle *m.* base
soie *f.* silk, bristle
solution de continuité break, interruption

sommet *m.* top, apex (*of angle*)
soubassement *m.* substructure
souche *f.* stump, stalk
souci *m.* worry, problem
souffle *m.* breath
souillure *f.* stain
soumettre to subject
soupière *f.* soup tureen
souple supple
sourd muffled
soutenu sustained; **rouge** —— deep red
sous-main *m.* blotting pad, writing case
spire *f.* whorl
stationner to be parked
strié streaked
stylo *m.* pen
subit sudden
subsister to remain
suite, sans —— disconnected
suivant according to, along
superficie *f.* surface
supérieur upper
supputer to calculate
sûreté *f.* safety, sureness, certainty
surnager to float, to remain, to survive
surplomber to overhang
surveiller to watch
survenir to occur
svelte slender

T

table-coiffeuse *f.* dressing table
tablier *m.* underpinnings
taille *f.* dimensions, height, size, waist
talon *m.* heel
tarder à to be long in

tâtonnement *m.* groping, attempt
teinte *f.* shade, hue
témoignage *f.* testimony
témoin *m.* witness; **prendre à** —— to take to witness
tempe *f.* temple
temps, de —— **à autre** from time to time
tendre to stretch, to lay; **se** —— to tauten
tenir to hold; —— **de** to derive from, to be like; **être tenu de** to be obliged to, to have to
ténu tenuous, slender
terrasse *f.* veranda
terre *f.* earth, ground; —— **cuite** terra cotta
ternir to tarnish, to dull
tiers *m.* third
tige *f.* rod; —— **métallique** metal rack
timbre *m.* stamp
tintement *m.* tinkle
tiroir *m.* drawer
tissu *m.* fabric, material
toile *f.* canvas
tôle *f.* sheet metal
tornade *f.* tornado
tordre to twist
torsade *f.* twist, coil (*of hair*)
touffe *f.* tuft (*of hair*), clump (*of vegetation*)
touffu thick
tournant *m.* turn
tourisme, voiture de —— touring car
tracas *m.* trouble
traînée *f.* streak
trait *m.* line, feature, **d'un** —— at one gulp
trajet *m.* trajectory, journey, drive

tranchant *m.* edge
tranche *f.* slice, strip
transpirer to sweat
trapèze *m.* trapezoid
trépidation *f.* throbbing
tricot de corps undershirt
tronc *m.* trunk
tronconique cylindrical
tronçonner to cut up
trouble *m.* ailment
tubercule *m.* tuber

U

uni smooth

V

vacarme *m.* racket
vaguelette *f.* small wave
variable various
variante *f.* variation
vautour *m.* vulture
veine *f.* grain (*of wood*)

venimeux poisonous
ventre *m.* bulge, swell, hip (*of banister*)
ventru bulging
verdâtre greenish
verdir to turn green
vernir to varnish
vernissé glazed
verrou *m.* bolt, lock
versant *m.* slope, side
veste *f.* coat
vif, vive sharp, bright
virage, *m.* banked turn
virer to turn
visuel, champ ——— field of vision
vitre *f.* glass pane
vitré glazed
voirie *f.* road maintenance
volant *m.* steering wheel
voleter to flutter
volige *f.* slate-lath
volute *f.* volute
vraisemblance *f.* verisimilitude
vrombissement *m.* drone
vue, en ——— de in order to